LA FEMME DE NOS VIES

Didier van Cauwelaert est né à Nice en 1960. Depuis ses débuts, il cumule succès publics et prix littéraires. Il a reçu notamment le prix Del Duca en 1982 pour son premier roman, *Vingt ans et des poussières*, le prix Goncourt en 1994 pour *Un aller simple* et le Prix des lecteurs du Livre de Poche pour *La Vie interdite* en 1999. Les combats de la passion, les mystères de l'identité et l'irruption du fantastique dans le quotidien sont au cœur de son œuvre, toujours marquée par l'humour. Ses romans sont traduits dans le monde entier et font l'objet d'adaptations remarquées au cinéma.

Paru dans Le Livre de Poche :

L'Apparition
Attirances
Cheyenne
Cloner le Christ ?
Corps étranger
La Demi-Pensionnaire
Double identité
L'Éducation d'une fée
L'Évangile de Jimmy
Hors de moi
Le Journal intime d'un arbre
Karine après la vie
La Maison des lumières
La Nuit dernière au XVe siècle
Le Père adopté
Rencontre sous X
Les Témoins de la mariée
Thomas Drimm
1. La fin du monde tombe un jeudi
2. La guerre des arbres commence le 13
Un aller simple
Un objet en souffrance
La Vie interdite

DIDIER VAN CAUWELAERT

La Femme de nos vies

ROMAN

ALBIN MICHEL

ISBN : 978-2-253-02036-3 – 1re publication LGF

On n'attend plus rien de la vie, et soudain tout recommence. Le temps s'arrête, le cœur s'emballe, la passion refait surface et l'urgence efface tout le reste. Il a suffi d'une alerte sur mon ordinateur pour que, dès le lendemain, je me retrouve à six mille kilomètres de chez moi, l'année de mes quatorze ans. L'année où je suis mort. L'année où je suis né.

*

Peu de choses ont changé à Hadamar. C'est resté une charmante bourgade du bassin de Limburg, entourée de forêts, avec un centre-ville à colombages et un jardin public réputé pour ses roses. L'hôpital psychiatrique est toujours en activité. Simplement repeint dans des tons plus pastel, avec un mémorial et des panneaux pour touristes. La « nouvelle salle de douche », comme on nous disait à l'époque, est devenue un musée.

C'est la première fois que je remets les pieds en Allemagne. Retrouver ici, à l'endroit même de notre rencontre, la femme que j'ai cherchée en vain toute ma vie, comment serait-ce le fruit d'une coïncidence ?

Ironie subsidiaire, la chambre 313 est à l'étage où se trouvait jadis mon dortoir.

*

Je demeure figé sur le seuil, appuyé d'une épaule au chambranle. Telle qu'elle était soixante-dix ans plus tôt, mais vêtue à la mode d'aujourd'hui, Ilsa Schaffner se tient de trois quarts-dos, penchée au-dessus du lit médicalisé. Le même âge, la même blondeur, la même nuque si fine contrastant avec les épaules carrées, la même crispation au coin des lèvres... Seul un chignon a remplacé la coupe à la garçonne. Et un tailleur gris moule sa silhouette en lieu et place de l'uniforme.

Immobile au-dessus de la vieille dame endormie, elle est comme son fantôme avant terme, son duplicata d'autrefois. Sa doublure jeunesse – comme les gens de cinéma disent : « une doublure lumière ». À ce niveau de ressemblance, le doute n'est pas permis : la femme à qui je dois tout a eu, *elle*, une descendance. L'unique rêve de ma vie qui ne soit pas devenu réalité.

À tâtons, je prends dans ma poche le sucre et le petit flacon d'alcool de menthe qui sont les seuls remèdes auxquels j'aie jamais eu recours, face aux émotions trop fortes, aux colères inutiles et aux inquiétudes sans lendemain que m'ont périodiquement inspirées les médecins. J'en ai vu mourir une douzaine – encore ne les avais-je fréquentés que sur les pistes de ski, les courts de tennis ou les circuits de stock-car. « Toi et ta santé insolente ! me reprochait Kate avec toute sa tendresse lucide. Tu nous enterreras tous. »

Elle avait raison, malheureusement pour elle. Chez moi, tout a toujours été insolent : ma forme physique, ma chance, ma joie de vivre et mon appétit sexuel – même si les effets combinés du veuvage, de la retraite et du politiquement correct en vigueur dans le New Jersey incitent de plus en plus à lâcher prise. Je n'y peux rien : depuis le 13 janvier 1941, j'ai charge d'âme et je vis double.

À défaut d'être le premier, j'ai toujours eu à cœur d'être le meilleur. Peu importe si ça ne s'est jamais su. Ayant œuvré dans l'ombre de cinq génies successifs, j'ai facilité leur vie, alimenté leurs travaux et leur gloire du mieux que j'ai pu, et ce rôle d'éternel second est si conforme à ma nature profonde qu'il a fait de moi, en dépit des injustices, l'homme le plus heureux que j'aie connu. Et le choc que je viens de recevoir, sur le seuil de cette chambre d'hôpital, est un ultime cadeau du sort. Sans doute ma dernière occasion de rendre à la vie ce que je lui dois.

— Salope ! grince entre ses dents la doublure jeunesse d'Ilsa.

D'un mouvement sec, elle rabat le drap sur le visage aux paupières closes, tourne les talons pour sortir et m'aperçoit. Sans diminuer le sourire avec lequel je la regardais à son insu, je lui dis : « Bonjour madame », dans la langue de son injure.

Elle s'arrête et me toise. Mon visage, le bouquet de roses jaunes que j'ai laissé tomber en la découvrant, à nouveau mon visage. Sous ce regard inquisiteur qui me bouleverse, je bénis ma passion pour le vin qui m'a incité à apprendre le français, idiome assez facultatif dans mon domaine scientifique, mais indispensable aux œnologues. Le concours du Meilleur sommelier du monde est la dernière scène internationale où le français demeure langue officielle, et c'est le milieu où je compte aujourd'hui le plus d'amis.

— Mademoiselle, corrige-t-elle d'un ton sec. Vous êtes ?

— Professeur David Rosfeld, dis-je en me refroidissant poliment, pour respecter la distance qu'elle a d'emblée mise entre nous.

D'un coup d'index par-dessus l'épaule, elle désigne le lit.

— Je suis sa petite-fille. J'exige qu'on la débranche.

Et elle quitte la chambre. Je la retiens d'une main ferme. Elle se dégage en se méprenant sur ma réaction.

— Quoi ? Vous avez les moyens de la sortir du coma ? Non. Elle a au moins cent ans, et si jamais elle se réveillait, on l'accuserait de coups et blessures. Je ne vois pas ce que ma requête a d'inhumain. De toute manière, je suis sa seule famille. Je descends remplir les documents.

Elle s'éloigne dans le couloir. Je reste un instant en suspens entre le présent et le passé, hésitant quant à l'urgence. Puis je cours ôter le drap qui recouvre de manière prématurée la tête d'Ilsa Schaffner. Retenant mon souffle dans le bruit du respirateur, je me force à regarder en face son visage décharné, méconnaissable. Étranger. Je ne ressens pas l'émotion que j'attendais. Ou plutôt, la source d'émotion s'est déplacée. J'ai été bouleversé, la veille, d'apprendre qu'Ilsa Schaffner était toujours de ce monde. Je le suis plus encore en découvrant que sa beauté s'est, pour ainsi dire, réincarnée de son vivant, à l'âge où je l'ai connue.

Sans savoir si elle peut ou non percevoir ma voix, je me penche à son oreille.

— *Ich bin David Rosfeld, dein David, ich bin da*, murmuré-je, la gorge nouée par les inflexions de la langue maternelle que je n'ai quasiment plus employée depuis mes quinze ans.

Je rajuste dans ses narines la canule de l'oxygène, décentrée par le geste brutal de sa petite-fille. Mon regard va de ses bras si maigres troués de perfusions aux quelques cheveux blancs plaqués sur son crâne. La vieillesse n'est pas un naufrage ; c'est un lent travail de rouille en cale sèche. Jamais je ne finirai comme ça. Dès que je ne me sentirai plus en état de naviguer, je me saborderai. Mais ce que je désire pour moi, comment accepter qu'on l'impose à la personne à qui je dois la vie, au moment même où le destin nous remet en présence ?

Je bondis dans le couloir. Trois étages plus bas, le souffle à peine raccourci grâce à mes joggings quotidiens, j'arrive en même temps que l'ascenseur, et j'ouvre la porte en souriant avec ce qui me reste de charme.

— Je suis désolé, mademoiselle, mais...

Elle m'interrompt, visiblement contrariée par l'insoumission que suggère une descente d'escalier si rapide :

— Il n'y a pas de mais. Je m'oppose à tout acharnement thérapeutique, c'est clair ?

— Je suis désolé, mais je suis professeur de physique, pas de médecine.

Elle me dévisage, les doigts serrés sur l'attaché-case que, spontanément, elle a placé entre nous comme un rempart – le rempart de son métier, j'imagine. Agent de change, contrôleuse d'impôts, juge d'instruction, syndic de faillite ? Je m'attends au pire, avec le caractère qu'on peut déduire de ses quelques répliques.

— Si vous n'êtes pas médecin, qu'est-ce que vous faisiez dans sa chambre ?

La question me prend au dépourvu. Et le bleu turquoise de ses yeux me chavire. Ce regard identique à celui de la première femme que j'ai aimée. Ce regard d'une inconnue qui ne sait rien de moi. Ce regard qui me replonge dans le drame et le défi, qui me renvoie aux heures les plus noires et les plus exaltantes de ma vie. Tout ce que j'ai à lui confier s'accorde mal avec la précarité d'un face-à-face à la sortie d'un ascenseur. Je finis par céder la place à la famille impatiente qui, dans mon dos, me bombarde de *Verzeihung, bitte.*

La jeune femme me contourne et fonce vers le comptoir d'accueil. Je me maintiens à sa hauteur pour tenter de renouer le dialogue.

— En fait, je suis… comment dire ? j'ai bien connu Ilsa Schaffner.

Sans marquer la moindre surprise ni un semblant d'intérêt, elle me jette :

— Moi non, et je n'ai rien à faire avec ses sbires.

Évitant de relever le mot, je précise que c'est la femme la plus extraordinaire que j'aie rencontrée. Elle répond :

— Nous ne parlons pas de la même personne.

Je ralentis, m'arrête. Apparemment, elle ne connaît de son aïeule que les calomnies proférées lors du procès de Nuremberg. Son nom, figurant sur la liste des accusés entre Sauckel et Speer, avait disparu comme tant d'autres au fil de l'instruction – suicide, exécution discrète en prison pour protéger des secrets, « rachat » de scientifiques nazis par les Alliés… Comme elle n'avait pas comparu au tribunal, deux proches d'Hitler avaient tenté d'alléger leurs crimes en dressant d'elle le portrait monstrueux qu'a retenu l'Histoire. L'alerte info *Ilsa Schaffner*, installée depuis sept ans sur mon ordinateur, ne m'avait jamais renvoyé que sur son passé d'avant 1945 – jusqu'à jeudi matin. Un entrefilet dans le *Limburger Zeitung* :

Hadamar : Drame de la solitude. Une centenaire qui vivait recluse dans son appartement, Mme Ilsa Schaffner, blesse sa voisine du rez-de-chaussée en jetant son téléviseur par la fenêtre. Tombée dans le coma après cette crise de démence, elle a été admise à l'hôpital psychiatrique de la ville.

Au comptoir d'accueil, sa petite-fille essaie désespérément de se faire comprendre par une hôtesse hermétique aux langues de Molière et Shakespeare. Je la laisse se dépatouiller quelques secondes encore, puis je la rejoins pour lui offrir mes services de traducteur. Elle me gratifie d'un regard où la méfiance le dispute au soulagement.

— Dites à cette gourdasse que je suis l'unique parente de la 313, que je ne paierai aucun frais de survie artificielle, et que j'attaquerai l'hôpital en cas d'acharnement thérapeutique. Je m'appelle Marianne Le Bret, je suis avocate au barreau de Morlaix.

Je m'accoude au comptoir, donne ma carte American Express à l'hôtesse et, mobilisant mes souvenirs d'allemand, je la remercie de me facturer tous les frais de séjour et les suppléments que ne prendrait pas en charge l'assurance de Mme Ilsa Schaffner, grand-mère de Mlle Le Bret.

— Vous n'avez pas traduit Morlaix, observe l'intéressée d'un ton suspicieux.

— Je ne pense pas que ce soit votre argument le plus marquant.

— Et pourquoi vous donnez votre Amex ?

— Si je suis en vie, mademoiselle, c'est grâce à votre grand-mère. Elle m'a sauvé, en 1941.

Marianne Le Bret me regarde comme si j'avais dit quelque chose d'obscène.

— *Elle ?* Ça m'étonnerait. David Rosfeld, vous m'avez dit. Vous êtes juif, non ?

C'est lancé à la limite de l'agressivité. Je soutiens son regard et je réponds lentement :

— Grâce à elle, oui.

Je la vois perdre pied. Sans transition, je lui demande si je peux lui offrir un verre. Elle hésite, rouvre la bouche.

— *Fräulein* Le Bret ?

On se retourne sur une petite femme à lunettes qui vient d'entrer en coup de vent dans le hall, un gros sac mou en bandoulière et un dossier sous le bras. Elle lui tend une main grassouillette.

— Pardon mon retard et mon français, je suis Liselotte Farbel, sociale travailleuse qui vous a pris contact.

Je laisse Marianne lui serrer la main, puis je me propose à nouveau comme interprète. Ravie, l'assistante sociale pivote vers moi et me noie sous un flot de détails qui me serrent le cœur. Elle connaissait bien

Ilsa, elle avait contribué à son maintien à domicile. C'était une personne très calme, dit-elle, très douce, la préférée des auxiliaires de vie qui se relayaient pour lui faire les courses. Elle ne disait rien, mais elle avait une grande écoute, et elle était souriante. Elle s'occupait elle-même de sa toilette et de son ménage, elle n'en démordait pas. Tout était impeccable dans l'appartement, même si elle ne recevait jamais personne. Elle ne sortait presque plus, mais elle s'intéressait à tout, elle était abonnée à beaucoup de journaux, elle menait sa petite vie, elle avait l'air en paix. Rien ne peut expliquer la crise de violence qu'elle a eue mercredi soir.

La gorge nouée, je demande à quelle heure Ilsa a jeté sa télé par la fenêtre.

— Vers vingt heures, je crois.

— Elle regardait les informations ?

— Je ne sais pas. Vous pensez que c'est lié au programme ? Nous n'avons peut-être pas les meilleures chaînes du monde, mais quand même…

Son trait d'humour tombe à plat devant mon air grave.

— Et les voisins ont entendu quelque chose ?

— Des coups dans les murs, des bris de vaisselle…

— Vous pouvez traduire ? s'impatiente Marianne. De quoi vous parlez ?

Je me fais violence pour répondre sur un ton neutre :

— De sa vie.

— Demandez si elle a fait un testament.

Je transmets la requête. L'assistante sociale hoche vigoureusement la tête, ouvre son dossier, lui tend une enveloppe libellée dans leurs deux langues : *Pour ma petite-fille Marianne Le Bret, avocate à Morlaix (France).* Au dos, l'écriture en dents de scie indique que l'original du présent testament est conservé à l'étude Kirschengart de Limburg. Tandis que Marianne déchire nerveusement le rabat, je ressasse le nouvel élément qui vient de changer la donne. Mercredi soir, le journal télé… À moins d'une coïncidence encore plus improbable que le fait d'habiter la ville de notre rencontre, je viens de recevoir la preuve qu'Ilsa Schaffner ne m'avait pas oublié.

Mais pourquoi, dans ces conditions, ne s'est-elle jamais manifestée ? J'ai toujours été joignable, longtemps photographié dans la presse internationale aux rubriques sport, science, art de vivre et cinéma, facile à contacter par les annuaires d'université ou l'imprésario de ma femme. Tant de raseurs croisés au temps de mes études à Princeton m'ont retrouvé sans le moindre effort – pourquoi ne l'a-t-elle pas fait ? Un signe d'elle, et j'aurais tout plaqué. Ou presque.

— Ça dit quoi ? s'informe sa petite-fille en me tendant le testament.

Je parcours les cinq lignes au-dessus de la signature, et lui énumère les dispositions s'achevant par celle qui, hélas, lui donne raison.

— Elle vous lègue son appartement, elle indique les références de sa convention obsèques, elle confirme qu'elle a opté pour l'incinération sans service religieux, elle interdit qu'on prélève ses organes et… le cas échéant, elle vous informe qu'elle refuse l'acharnement thérapeutique.

J'abaisse la feuille. Aucune réaction sur le visage de la légataire.

— Et il n'y a rien pour vous ? s'enquiert-elle sur un ton brusquement dénué d'animosité.

Je secoue la tête. Il y a beaucoup pour moi, mais c'est entre les lignes. Je lui demande si elle l'a rencontrée de son – le mot vient malgré moi – de son vivant.

— Jamais. J'ai reçu une lettre, il y a cinq ans, à la mort de ma mère. Je l'ai renvoyée sans l'ouvrir, dès que j'ai vu le nom de l'expéditrice.

J'avale ma salive, sans commentaire. L'assistante sociale lui remet le dossier avec un sourire ennuyé, nous souhaite bon courage et s'excuse d'être en retard à son prochain rendez-vous. On la regarde trottiner vers la porte coulissante. Les doigts de Marianne serrent contre son ventre le dossier marron *Schaffner Ilsa*. Le premier geste d'émotion que je lui vois. Le contrecoup de sa rage : un mélange de fausse délivrance et de détresse sans prise. Le poids des secrets de famille, des vies gâchées en silence. Le poids qui justifie tant de choses.

Une clé s'échappe de la chemise cartonnée, avec une adresse sur l'étiquette en plastique. Je la ramasse, la lui tends. Elle la remet à sa place.

— Et vous, monsieur Rosfeld, vous l'avez revue ?

— Pas depuis 1942. Si je puis me permettre une question indiscrète… Que savez-vous d'elle, exactement ?

Elle plaque le dossier sur le comptoir devant elle, sort son smartphone, sélectionne d'un coup d'index la messagerie, et me plante sous le nez la pièce à conviction qui a tant servi contre Ilsa. La photo qui la montre au Berghof en 1938, prenant le thé sur fond de montagnes avec Hitler en culotte de peau, qui sourit entre sa maîtresse Eva Braun et ses deux favoris, Göring et Speer. De là à faire d'elle l'éminence grise du IIIe Reich… Il fallait tout le talent, la lâcheté et le culot de ce gros porc de Göring, face aux juges de Nuremberg, pour tenter de se blanchir sur le dos d'une absente.

— Je sais tout ce qu'il y a à savoir, monsieur Rosfeld. C'était une nazie de la pire espèce, une SS qui a massacré les enfants du camp de concentration qu'elle dirigeait.

Elle a parlé d'une traite, évacuant aussitôt la photo de son écran. Je rectifie sur la pointe de la voix :

— Elle était officier dans les services scientifiques de la Wehrmacht, elle n'a tué personne, et ce qu'elle dirigeait, c'était une école.

— N'importe quoi, fait-elle en haussant les épaules. Et le témoignage du maréchal Göring à Nuremberg ? Et celui de son chef direct, le colonel Grübblick ? Ils savaient d'avance qu'ils étaient condamnés à mort et que rien ne les sauverait : pourquoi l'auraient-ils chargée s'il n'y avait pas matière ?

Je soupire et la contemple avec un sourire triste :

— Vous voulez qu'on en parle ?

Elle regarde sa montre.

— Je reprends l'avion.

— Il y a un bar très calme à mon hôtel. C'est à cinq minutes d'ici.

— Je verrai. Vous pouvez m'aider pour le formulaire ?

Elle commence à se détendre. Son agressivité a un air de famille, mais son sourire aussi est *le même*. J'ai devant moi un autre visage d'Ilsa, après la tension qui a marqué notre rencontre. L'histoire se répète. Du moins la vie rebrousse chemin. Mais que faire de cette ressemblance anachronique ? de ce passé qui ressurgit *sur pied.* Je ne suis plus du tout certain du bien-fondé de la vérité que je m'apprête à lui révéler. Si elle s'est construite sur la haine de sa grand-mère inconnue, faut-il toucher au mur porteur ?

Je m'accoude au comptoir d'accueil, et je l'aide à remplir le « formulaire », comme elle dit. L'autorisation de débrancher Ilsa Schaffner.

— Il faut revenir à partir de quinze heures, décrète l'hôtesse en tamponnant le document. Vous irez directement en psychogériatrie, vous demanderez le chef du service pour qu'il contresigne.

Je traduis, demande si ce n'est pas trop tard par rapport à son avion. Elle fait non de la tête. Il est midi moins dix. Je commence à ressentir le décalage horaire et j'ai soudain très faim.

— Je vous suis, dit Marianne Le Bret.

*

Nous sommes sortis dans le soleil d'été qui jouait entre les jeunes pousses. L'atmosphère était douce, légère, en décalage complet avec la situation. Ou peut-être était-ce à nous de nous adapter.

Je lui ai ouvert la portière de l'Audi TT que j'avais louée à l'aéroport de Francfort. Comme le 13 janvier 1941, j'allais quitter cet hôpital en décapotable avec une jolie blonde hostile, mais, cette fois, c'est moi qui conduirais.

Elle m'a demandé de recapoter.

— Je suis sujette aux courants d'air.

L'expression m'a fait sourire. C'est une tempête qui allait s'abattre sur elle, si je me décidais à parler. J'ai refermé le toit de l'Audi, et nous sommes partis à travers les ruelles typiques de ce petit coin de paradis qui avait servi d'enfer pendant la guerre.

Durant les cinq minutes du trajet, elle m'a raconté sa vie. Ça ne demandait pas plus. Mère employée municipale dans la banlieue de Brest, emportée par un cancer après deux ans de retraite, sans jamais avoir digéré d'être la fille d'une criminelle nazie qui l'avait mise au monde en prison. Père insignifiant, jamais là, technicien de forage sur des plateformes pétrolières. Diplômée en droit, célibataire sans enfant, militante de Greenpeace et Bretagne-Écosystème, endettée à mort pour renflouer son petit cabinet spécialisé dans la lutte contre les algues vertes, elle poursuivait sans relâche les lobbies agricoles responsables de la pollution des plages. Elle perdait tous ses procès, et son dernier espoir était de figurer sur la liste écologiste à la prochaine élection municipale – espoir qui était parti en fumée hier matin, quand son aïeule avait ressurgi dans l'actualité.

À peine assise dans un fauteuil club au bar de l'hôtel Nassau, elle a de nouveau affiché sur son portable la photo prise avec Hitler. Cette fois, elle m'a montré le message anonyme qui accompagnait l'envoi :

« *Marianne Le Bret, ou sa grand-mère nazie Ilsa Schaffner ? Algues vertes, ou peste brune ?* »

— Ç'a été envoyé à France 3 Bretagne et au *Télégramme de Brest*. Qui voudrait de moi sur une liste, maintenant, à part le Front national ?

Elle a tapé sur la table, renversant la carte des consommations disposée sur un petit chevalet.

— Jamais on n'en finira avec ce passé ?

J'ai répondu doucement :

— C'est le passé qui n'en a pas fini avec nous.

— Mais ce n'est pas mon histoire, merde !

J'ai poussé un long soupir, je nous ai commandé deux verres de vin blanc, et j'ai commencé le récit qui allait détruire tous ses repères.

Avant d'être le David Rosfeld que vous avez devant vous, je m'appelais Jürgen Bolt. J'ai vu le jour à vingt kilomètres d'ici, dans un élevage de quatre cents têtes. J'étais un enfant silencieux, imaginatif et détaché du monde des grandes personnes : un autiste léger, dirait-on aujourd'hui, qui ne parlait qu'au bétail. Bref, j'étais le souffre-douleur de la ferme. Je passais mon temps à prendre des coups que je ne rendais pas, étant le cadet de quatre brutes bien aryennes, dans l'air du temps. Les parents, qui me croyaient attardé parce que je ne disais rien, m'avaient retiré de l'école pour s'éviter la honte. J'avais juste eu le temps d'apprendre à lire et à compter, et d'entrevoir qu'il y avait à l'intérieur des livres d'autres horizons que le mien. L'instituteur était désolé : il trouvait que j'avais une mémoire d'éléphant et que ma place n'était pas dans une ferme. Mais on n'y pouvait rien.

Au départ, je servais surtout à traire les vaches. Comme elles étaient toujours très calmes avec moi, j'ai été chargé, dès ma douzième année, de mener les veaux à l'abattoir. Je le faisais à la manière de ma sœur Trudi quand, jadis, elle m'accompagnait à l'école en me racontant de belles histoires sur la nouvelle vie qui m'attendait. Trudi était morte l'hiver précédent d'un coup de corne en nettoyant l'étable. Il me restait son monde de fées, de lutins et de lycées enchantés au cœur des grandes villes, où n'importe qui peut devenir docteur en baignant dans le savoir ambiant. Alors j'accompagnais chacun de mes veaux, sur son dernier chemin, en lui décrivant le paradis qui l'attendait dans l'estomac du consommateur. Il deviendrait docteur, curé, général ou écrivain, en fonction de la personne qui, digérant ses escalopes, lui offrirait une seconde vie. De la même manière que ma sœur, depuis qu'elle était au cimetière, était devenue ver de terre. D'où je concluais que les êtres humains, n'étant pas cannibales, avaient moins de chance que les veaux.

Mes petits compagnons de route acquiesçaient en fronçant le mufle au bout de la longe. Et ils allaient à la mort d'un cœur si léger que les gens de l'abattoir me félicitaient. Ça commençait à se savoir dans les élevages voisins : la qualité de la viande était meilleure, chez les Bolt, parce que la bête était moins stressée. Mes parents auraient sans doute pu me louer un bon prix aux autres fermes comme accompagnateur d'abattage, si je n'avais commis l'irréparable à treize ans et demi.

Le vin vous convient ? C'est un rieslaner, le meilleur cépage allemand – un croisement de riesling et de silvaner. Mais il nous l'a servi trop froid, laissez-le venir à température. Vous le faites simplement tourner dans votre verre, comme ça, en direction de la cheminée. Dans le sens des aiguilles d'une montre, oui, si vous voulez. Ou dans l'autre. Au fait, si vous avez un petit creux, je crois qu'on peut déjeuner au bar. La salle du restaurant est un peu trop bruyante, je trouve.

Sauerkraut für zwei, bitte. Pardon ? Non, non, c'est léger, c'est de la choucroute. Très difficile à rater pour des Allemands. Ne prenons pas de risques.

Où en étais-je ? Ah oui, le veau de la discorde. C'était un superbe Simmental, beige à tête blanche – le premier que j'avais aidé à naître, un dimanche matin. Je l'avais appelé Sonntag. Nous étions l'avant-veille de Noël, et il s'est soudain figé sur le chemin, à trois cents mètres de l'abattoir. Impossible de le faire avancer. Mes belles histoires de métempsycose dans l'estomac des mangeurs d'escalope ne faisaient que le paniquer davantage.

Alors, j'ai rebroussé chemin. Il était si heureux. Il me caressait de la tête en marchant. Il gambadait jusqu'au bout de la longe, se retournait pour voir si je suivais. Il attendait que j'arrive à sa hauteur, me faisait un câlin et repartait. Il me raccompagnait à la maison. Je pleurais de bonheur. Je me sentais aimé, pour la première fois de ma vie. C'était un miracle de Noël.

En apercevant le clocher du village, j'ai senti mon cœur s'emballer, et j'ai su ce que je devais faire. Je suis allé trouver le curé, je lui ai dit que le Bon Dieu m'était apparu devant l'abattoir en me disant d'épargner mon veau, comme il l'avait fait avec Abraham, au catéchisme, en lui ordonnant de sacrifier un agneau plutôt que son fils. Je lui ai mis la longe dans la main en lui disant que c'était un cadeau du Ciel, et qu'il devait le cacher en secret comme il avait caché un juif, deux mois plus tôt. Et je me suis sauvé sans me retourner, de peur de croiser le regard de Sonntag qui beuglait dans le jardin du presbytère.

En rentrant à la ferme, j'ai dit à mon père que je m'étais fait attaquer par des inconnus qui m'avaient volé le veau. La plus longue phrase que j'aie jamais prononcée devant lui. Il m'a fouetté au sang avec le martinet à branches d'orties, comme un jour de cuite normal, et mes frères sont venus lui prêter main-forte : j'étais le désespoir de la famille, ils en prenaient leur part.

Et puis le curé est venu me dénoncer, en tant que blasphémateur à qui Dieu aurait ordonné de sauver un animal de boucherie. Alors, brusquement, je suis devenu intéressant. Voilà que j'étais fou. Débile mental. Tout à coup, je valais le tiers d'un veau. La prime que le ministère de la Santé offrait aux Aryens, à l'époque, pour tout enfant anormal, dans le cadre de la politique de purification du cheptel humain. C'était une expérience pilote, qui ne dura que quelques semaines. Un moyen d'inciter les familles à s'épurer elles-mêmes, pour économiser les frais d'enquête et le personnel de dépistage. Mais ça n'eut pas l'effet escompté : dans la région, les Bolt furent les seuls à vendre un fils déficient. La dénonciation des juifs marchait infiniment mieux.

C'est ainsi que je me suis retrouvé ici, à l'hôpital psychiatrique d'Hadamar. Il faut comprendre mes parents. Avec l'effort de guerre, il était important pour eux d'être considérés comme de bons Allemands, afin d'éviter les réquisitions de bétail. Et puis c'était pour mon bien, ça me guérirait de cette maladie mentale. Ils ignoraient que les médecins d'Hadamar, en 1941, avaient pour consigne d'éradiquer non pas la maladie, mais les malades.

Quand je suis arrivé, la chambre à gaz était en construction. C'était le premier prototype que testait Himmler, avant d'en étendre le principe aux camps de concentration. On nous installait une nouvelle salle de douche, nous disaient les infirmières. Dans l'attente des finitions, nous étions bien traités. « Nous », c'est-à-dire les handicapés mentaux, les trisomiques, les psychopathes, les schizophrènes, les parkinsoniens, les épileptiques… Nous serions des pionniers. Les cobayes de la « solution finale » destinée aux juifs. L'opération avait pour nom de code *Weissen Wolken*. « Nuages blancs. »

Je me souviens de l'inspection des travaux, juste avant l'inauguration. Un jour de fête, patronné par Himmler en personne, avec une dizaine de Mercedes SSK dans la cour, photographes militaires et gâteaux à la crème pour les enfants dans le réfectoire, pendant que l'état-major de l'*Aktion T4* sablait le champagne au sous-sol. Le programme d'euthanasie s'appelait ainsi parce que son siège administratif, à Berlin, se trouvait au numéro 4 d'une rue nommée *Tiergarten* – jardin zoologique. Ils trouvaient la coïncidence heureuse : qu'étions-nous, pour eux, sinon des animaux ?

L'aménagement de l'hôpital psychiatrique était différent d'aujourd'hui. À l'époque, chaque étage se composait d'une salle commune correspondant à une classe d'âge. Je m'étais fait un ami, dans le dortoir des moins de quinze ans. B 48. Le premier ami de ma vie qui ne fût pas un veau. Moi, j'étais B 46 – notre numéro de lit nous servait de matricule. Je l'avais repéré parce qu'il était aussi solitaire et silencieux que moi, avec une chose en plus : un livre. Il ne le quittait pas. Il le relisait tout le temps. Il y prenait des notes. Le titre me faisait rêver : *Le Secret des Atomes.* J'imaginais une civilisation disparue, comme les Atlantes, les Amazones, les

Nibelungen ou les Walkyries dont ma sœur me racontait naguère les exploits fabuleux.

B 48 ne desserrait pas les dents, en dehors de ses crises d'épilepsie, mais c'est le premier humain avec qui j'avais envie de lier connaissance, pour lui demander de me prêter son livre. La nuit, à voix basse, je lui racontais mes veaux, ma sœur, mon école, le sauvetage de Sonntag – les rares choses de ma vie qui méritaient d'être dites, et il m'écoutait avec une attention extrême. Je n'oublierai jamais la première fois que j'ai entendu sa voix. Un murmure égal, précis, rapide :

— Pourquoi tu as sauvé ce veau-là et pas un autre ?

J'ai réfléchi. En fait, je ne m'étais jamais interrogé sur les raisons de mon acte. Pourquoi on respire, pourquoi on éternue quand il fait froid ? Mais il avait raison de me poser la question. En y repensant, j'ai découvert que je n'avais pas agi sur un coup de folie, comme les gens croyaient. J'ai fini par dire :

— Je l'avais mis au monde : je ne pouvais pas le tuer.

— Pourquoi ?

Là, je n'ai pas eu besoin de me creuser, la réponse a jailli toute seule :

— Il n'aurait pas compris.

B 48 s'est dressé sur un coude pour me scruter d'un air circonspect, à la lueur des veilleuses allumées en permanence pour éviter les hurlements de ceux qui avaient peur dans le noir. Et il m'a dit au bout de quelques instants :

— Tu n'es pas fou du tout. Tu as l'intelligence du cœur.

C'était la première fois qu'on me faisait un compliment. J'ai dit merci. Il a repris d'un air incrédule :

— Ils n'ont pas pu confondre, quand même...

Il semblait aussi consterné pour moi que pour les médecins qui m'avaient examiné lors de l'internement. Afin de sceller notre amitié, j'ai dit que je m'appelais Jürgen.

— Moi, c'est David.

J'ai répondu que c'était un beau prénom. Il a nuancé par une petite moue, en regardant l'étoile jaune qui lui servait de marque-page. Je lui ai demandé s'il allait encore à l'école. Il a secoué lentement la tête, il a dit :

— Je suis marchand de glaces.

Ça me paraissait encore plus extraordinaire. Les glaces, j'avais découvert ça l'année précédente, à la foire aux bestiaux de Fritzlar où mes frères m'avaient emmené en renfort, pour la première fois. Trois boules de chocolat dans un cornet en carton que j'avais gardé en souvenir. Mais il a rectifié aussitôt avec raideur :

— *J'étais* marchand de glaces. Avec ma mère. C'était une grande physicienne, mais elle n'avait plus le droit. Les glaces, encore, ça allait : les clients ne savaient pas qu'elle était juive. On a toujours tout fait ensemble.

Et il m'a tourné brusquement le dos pour dormir.

Chaque nuit, on apprenait à se connaître. Moi surtout, parce qu'on avait vite fait le tour de ma vie. En dehors de ces moments de grâce, dès que cessait l'effet des somnifères que nous étions les seuls à recracher, tout n'était que violence, autour de nous. Crises de démence, automutilations, querelles de territoire, alliances pour écraser les plus faibles. Camisoles de force, douches froides, piqûres et cachets étaient les seules réponses du personnel soignant, en attendant mieux. La plupart du temps, quand une bagarre se déclenchait dans un dortoir, les infirmiers se contentaient de fermer les portes, comme on isole un feu.

Mon ami était l'un des plus malingres, et ses crises d'épilepsie décuplaient l'agressivité ambiante. Quand il se contorsionnait par terre, les yeux révulsés, les autres se jetaient sur lui et le rouaient de coups. Je me précipitais pour le défendre. Comme j'étais le plus costaud de l'étage, on avait fini par le laisser tranquille. J'avais cru lire de la gratitude dans le regard du Dr Kraff, le médecin-chef. C'était le seul qui, à part moi, voyait en lui autre chose qu'une maladie. Et il détournait toujours la tête en le croisant, comme s'il avait peur de son jugement.

Le jour de la fête qui célébrait l'achèvement de la nouvelle salle de douche, le Dr Kraff avait pris à part un nabot cambré dont les sourcils disparaissaient sous sa gigantesque casquette d'officier. C'était Hans Grübblick, le colonel SS dont vous évoquiez le témoignage au procès de Nuremberg. En plus de l'*Aktion T4*, il supervisait à l'époque la logistique du *H-Plan*. L'autre versant de la purification nationale, consacré au renforcement de l'élite intellectuelle. En écoutant le médecin-chef, Grübblick avait sursauté, et pris une note sur un carnet.

C'est le lendemain après-midi que votre grand-mère est arrivée à Hadamar. Je m'en souviens avec une précision hallucinante. Elle avait votre âge, à peu près, et votre beauté, mais... – comment l'exprimer sans vous heurter ? Il y avait dans son regard une sorte d'idéal aux aguets, une fébrilité mâtinée d'espoir et d'anxiété que je ne retrouve pas dans le vôtre. En un mot, chez elle, on sentait la passion, pas la haine. Je vous le dis de façon brutale, et je vous prie de m'en excuser, parce que je voudrais que vous m'écoutiez *différemment*. Ne soyez plus sur la défensive, maître Le Bret. Laissez de côté vos idées toutes faites sur cette grand-mère dont vous n'avez jamais connu que la légende et la souillure, si terribles à assumer pour votre famille, j'en conviens. Mais oubliez votre rejet instinctif, oubliez la rancune qu'on a dû vous inculquer dès votre enfance. Acceptez de la regarder sous un jour nouveau. Sinon je ne pourrai pas vous parler d'elle. Je ne pourrai pas vous confier son secret – ni le mien.

D'accord ? Merci. J'ajoute que vous avez un trait de caractère en commun, tout de même : vous vous adaptez aux situations les plus déstabilisantes avec une fulgurance égale. Soit dit sans vous offenser, Marianne – je peux vous appeler Marianne ? – vous réagissez même encore plus vite qu'elle.

Je l'ai donc vue arriver au volant d'une petite DKW décapotée, en plein mois de janvier, pendant la promenade des moins de quinze ans, qui consistait à tourner autour de la cour en camisole. Tandis que le médecin-chef accourait à sa rencontre, elle a jailli de sa voiture dans son uniforme d'*Oberleutnant* de la Wehrmacht.

— Il paraît que vous avez un surdoué ? Amenez-le-moi immédiatement, pour que je le teste.

Je vois que vous tiquez sur le mot « surdoué ». Il n'est apparu chez vous que dans les années 70, je crois. Mais votre grand-mère l'employait déjà en

1938, dans son avant-projet du *H-Plan.* H comme *Höchstbegabt.*

Pendant plus d'une heure et demie, elle s'est enfermée seule dans un bureau avec B 48. Quand elle est ressortie, elle a dit au médecin-chef :

— Je le prends. Qu'il soit propre et désinfecté : je viendrai le chercher lundi.

Le Dr Kraff s'est assombri aussitôt. Il a répété, gêné :

— Lundi…

— Quel est le problème ?

— Ce serait mieux avant. Lundi matin, c'est… l'opération « Nuages blancs ». Il serait préférable que votre petit protégé ne voie pas ce qui va arriver aux autres.

Elle a soupiré. Elle a dit que son superviseur, le colonel Grübblick, était d'un avis contraire :

— L'enfant doit savoir à quoi il échappe grâce à moi, afin que la gratitude l'incite à développer ses capacités intellectuelles au service du Reich. C'est un ordre et je dois le suivre. À quelle heure en aurez-vous terminé, lundi ?

— Je ne sais pas, lieutenant. En fait, je suis relevé de mes responsabilités, le temps de l'opération. C'est une unité spéciale des SS qui prend en charge le déroulement de l'expérience. On m'a simplement notifié que la mise en service aurait lieu à huit heures du matin.

— Bien. Qu'il soit prêt pour neuf heures.

Le soir même, dans le dortoir, B 48 m'a répété ce que lui avait appris la « directrice d'école », comme il disait. Il m'a expliqué ce qui devait se passer lundi 13. Et les raisons pour lesquelles il refusait que *ça se passe ainsi.*

— Ce ne sont pas des douches normales qu'ils ont construites, Jürgen : il y a du gaz à la place de l'eau. Vous serez tous euthanasiés.

— Eutha… quoi ?

Il a traduit avec une rage sèche :

— Tués pour votre bien. Vous coûtez trop cher à votre patrie, et vous ne lui apportez rien, alors elle abrège vos souffrances. C'est ça, leur logique. Moi, ils veulent me mettre dans une école pour développer mon intelligence. Peu leur importe que je sois juif, avec le résultat de mes tests. Mais je n'ai pas envie de survivre dans leur monde. Il n'est pas fait pour moi, et je ne veux pas le servir. Je refuse d'être le meilleur dans une société sans âme qui tue ceux qu'elle juge inférieurs.

J'essaie de vous citer ses propos le plus fidèlement possible, Marianne. Il faut les imaginer dans la bouche d'un gamin de quatorze ans qui en paraissait dix, tout chétif, les joues creuses et les lunettes de travers sur son petit nez busqué. Des lunettes à une seule branche. Comme celles que je porte, oui. Mon opticienne croit que c'est de la coquetterie. Un besoin de me singulariser.

Il a continué d'une voix neutre, parmi les ronflements du dortoir :

— Je ne suis pas viable, de toute façon, et pas seulement à cause de mon épilepsie. Je ne suis qu'une intelligence théorique, moi. Je ne comprends pas leur violence, leur objectif de la « race parfaite ». Une race d'athlètes abrutis qui obéissent. La seule loi en vigueur, en ce moment, c'est la loi du plus fort, et ce n'est pas une loi scientifique : je ne peux rien en faire. Toi, si. Alors je te passe le relais. Je me retire de l'équation, parce qu'il y a trop d'inconnues pour moi. Et toi, elles ne te font pas peur. Les inconnues, m'a-t-il expliqué doucement, ce sont les variables à déterminer pour découvrir la solution d'un problème. Tu vas me remplacer, Jürgen. Tu vas devenir moi. Et je mourrai à ta place.

J'ai cru qu'il plaisantait. Quand j'ai compris que non, le ciel m'est tombé sur la tête.

— Mais ça ne peut pas marcher, David ! La dame me reconnaîtra… Je veux dire : elle verra bien que je ne suis pas toi.

— Fais-moi confiance. Si tu agis exactement comme je te le dis, tout se passera bien. Et ensuite, elle ne pourra pas revenir en arrière. Je connais la logique de ces gens. C'est la peur qui les gouverne. La peur de la faute, la peur de la sanction. Maintenant que David Rosfeld a été sélectionné pour le *H-Plan*, maintenant que son nom est inscrit et que sa place l'attend à l'école des surdoués, il leur *faut* un David Rosfeld. Sinon c'est un échec. Une faute qui retombera sur la directrice de l'école.

Il a marqué un silence, puis il a dit sur un ton encore plus neutre :

— Quoi qu'ils te disent ou te fassent faire, et quoi qu'ils t'offrent, n'oublie jamais que ce sont *tes ennemis*. Surtout cette Ilsa Schaffner. Parce que ce n'est pas une nazie comme les autres. Tu verras. Elle sait qui était ma mère, et elle pense que j'ai la clé de ses travaux. Mais ne t'inquiète pas, tout ira bien. Je t'aiderai, d'où je serai. Je t'aiderai à être moi.

Il a souri. C'était la première fois que je le voyais serein.

*

Je m'interromps, pardon. Il me faut quelque chose de plus fort. *Schloss Johannsberg, bitte*. C'est un vin de glace, vendangé la nuit en décembre, à la lueur des phares. *Danke schön*. Il dit que la choucroute arrive. Non, ça ira, mais… Je n'ai raconté cette histoire qu'à une seule personne, et il y a si longtemps. Même ma femme n'en a jamais rien su. J'ai toujours eu besoin d'être… *vraiment lui*, vous comprenez ?

Je lis dans votre regard la question que je me suis posée, évidemment, cette nuit-là. Comment refuser ce qui était à la fois la supplique de mon seul ami et mon unique chance d'échapper à la mort ? Ça peut vous sembler bizarre, mais j'ai commencé par dire non, de toutes mes forces. Je pense que l'admiration que j'avais pour le petit marchand de glaces était plus forte que mon instinct de survie. Il fallait que je le sauve contre lui-même. Je n'avais aucun projet d'avenir, moi, aucun motif objectif d'être épargné à sa place. Les nazis avaient raison : je ne servais à rien. Lui, ce serait un grand savant, comme sa mère… Je lui ai dit :

— Tu ne préfères pas qu'on s'évade, tous les deux ? Allez, on y va ! On se cachera dans le grenier d'une ferme…

Il a murmuré sur un ton sans réplique :

— Non, David.

— Ne m'appelle pas David, c'est toi ! Moi je suis Jürgen ! Écoute, et si on disait la vérité à tous les autres ? On ferait une sortie en force…

— Bonne idée : ils sont en pleine forme et armés jusqu'aux dents.

Il m'a tapoté le bras avec un pauvre sourire, m'a signalé que les SS montaient la garde autour de l'hôpital depuis les travaux de la douche, et qu'il n'y avait pas d'autre solution rationnelle que celle qu'il me proposait. J'ai encore insisté. C'est là qu'il a sorti le seul argument auquel je ne pouvais résister :

— De toute manière, tu n'as pas le droit de refuser, puisque je t'ai *choisi*.

C'est le mot qui a tout fait basculer. On m'avait toujours ignoré, méprisé. Ma famille s'était débarrassée de moi pour être bien vue et toucher une prime. Lui, il me *choisissait*. Je n'en revenais pas. Je lui ai demandé pourquoi. Pourquoi moi. Il y a eu un silence. J'imagine qu'il cherchait un motif un peu plus valorisant pour moi que la simple proximité de nos lits. Il a fini par répondre, tout en serrant son livre contre lui :

— Je te choisis car tu pourras te défendre, toi. Jouer leur jeu. Tu as le bon sens terrien, tu es rusé, sympathique. Et tu es en bonne santé. Et tu sais *donner le change*. Tu as les moyens de mentir pour une cause qui te dépasse. Tu as été capable d'inventer un scénario crédible au service d'une émotion absurde, juste pour sauver un veau de l'abattoir. Je t'envie.

— Mais ça n'a pas marché !

— C'est le curé qui s'est comporté de façon illogique et indigne de sa foi, en te dénonçant à ton père. Ta seule erreur, c'est l'excès de confiance. Tu y penseras, la prochaine fois. Moi, je ne sais pas mentir, et je ne suis pas capable d'agir, sinon en sortant du jeu. Toi, au moins, tu seras efficace.

L'adjectif m'a troublé encore plus que le reste.

— Efficace ? Pour faire quoi ?

— Transmettre le message de ma mère. Mais à ma façon.

Il serrait contre son cœur *Le Secret des Atomes* avec tant de ferveur que j'ai demandé, en désignant la reliure en toile noire :

— C'est elle ?

Son ongle a parcouru le dessin des lettres dorées à demi effacées : *Yael Rosfeld*. Il a dit de sa petite voix claire, tout bas :

— Si les nazis l'avaient écoutée en 1934, ils auraient la bombe atomique, aujourd'hui. C'est la première qui a trouvé le moyen de casser le noyau. Mais c'était une femme et elle était juive, alors ils ont brûlé ses livres. Il ne reste plus que celui-là.

Il me l'a tendu, lentement. Suffoqué par la confiance qu'il plaçait en moi, j'ai saisi comme un trésor l'ouvrage unique de la femme qui avait cassé le noyau. Sa formule définitive me rappelait le ton du curé quand il parlait d'Ève, l'épouse d'Adam : « Elle a croqué la pomme. »

À la lueur des veilleuses, j'ai commencé à déchiffrer les premières pages, annotées d'une écriture enfantine qui remplissait les marges avec des flèches et des chiffres. Je ne comprenais pas grand-chose, si ce n'est que le noyau qu'elle avait cassé n'était pas celui d'une pêche ou d'une prune, mais celui de l'atome. L'un des milliards de milliards de mini-mondes invisibles qui composaient, d'après elle, notre corps et l'univers tout entier. Me sachant observé, je lisais en hochant la tête d'un air pensif, avec des moues d'adhésion ou de perplexité, comme un maquignon qui juge le troupeau défilant devant lui.

— Alors ? a dit mon ami d'une voix anxieuse.

Pour lui faire plaisir, j'ai demandé quel message de sa mère il fallait transmettre. Il s'est contenté de respirer plus profondément, les dents serrées. Puis il a murmuré :

— Ce n'est pas un message, c'est un exemple. C'est toi avec Sonntag. La théorie, elle vient après.

J'ai cherché le rapport entre mon veau et le noyau. Il s'est mis à étouffer, brusquement. Il m'a repris le livre, et il a enfoui son nez entre deux pages. En plus de son épilepsie, je pense qu'il était spasmophile. Au lieu de respirer dans un sac, comme on le recommande en cas de crise, il respirait dans sa mère. Et moi je m'émerveillais du pouvoir magique de ces phrases qui lui redonnaient de l'air. L'oxygène des mots.

À travers la reliure, j'ai entendu son ton haché :

— Pour arrêter la barbarie, il n'y a que l'intelligence. La connaissance de la vraie réalité du monde. La raison profonde de la vie – le secret qu'on a découvert, ma mère et moi. Le secret qui arrête les guerres. Il est à toi, maintenant. Tout est dans le livre. Dans le texte et dans mes notes. Quand tu auras compris le secret, tu le transmettras aux personnes qu'il faut.

Il a devancé ma question – du moins il a différé la réponse :

— Ce n'est pas le moment. Pour l'instant, ils ne s'intéressent qu'à la bombe. La bombe atomique qu'Albert Einstein est en train de mettre au point en Amérique, d'après eux, pour les attaquer. Alors tu vas leur donner ce qu'ils attendent. Leur faire croire que c'est ça, ton secret. La fission de l'uranium.

— La quoi ?

Sa respiration est redevenue normale ; l'alerte était passée. Il a refermé le livre et l'a glissé sous son traversin, comme toutes les nuits.

— On en parlera demain. Je vais t'expliquer des choses qui feront de toi un dieu, dans le regard des nazis. Parce qu'ils ne sont pas au niveau. J'ai bien vu la réaction de la directrice d'école. La physique nucléaire, ils l'ont censurée à cause de leur prix Nobel Philipp Lenard, qui leur a dit que c'était de la « science juive ». Et maintenant ils s'affolent parce qu'ils sont en retard. C'est là que tu tombes du ciel.

L'angoisse m'est revenue d'un coup, dans un sursaut de lucidité.

— Jamais je ne pourrai passer pour toi, écoute !

— Mais si ! Personne ne me connaît, chez les chercheurs de l'atome : j'étais trop petit quand ils ont renvoyé ma mère.

— Et la directrice d'école ! Elle sait qui tu es, elle !

— C'est le seul problème. Mais tu le régleras. N'oublie jamais qu'elle a besoin de toi pour sa carrière.

— Enfin, arrête ! Je suis juste un gardien de vaches !

— C'est pourquoi tu vas apprendre par cœur une série de formules, par lesquelles tu répondras aux questions. Dedans, il y en aura des extraordinaires et il y en aura des fausses. Des sources d'erreur qui leur feront perdre un temps précieux. Il ne faut pas que les nazis détruisent le monde, tu es d'accord ? À toi d'agir.

J'ai lancé le bras entre nos lits, j'ai attrapé son poignet.

— David… Je ne veux pas que tu meures.

— Alors tu vivras pour moi. Tu seras utile et tu seras heureux, je ne te demande rien d'autre. Moi je vais retrouver ma mère, lundi. C'est tout ce que je veux. Allez, bonne nuit.

Et il s'est endormi, après avoir prononcé la phrase qui, dès lors, a gouverné ma vie. Cette phrase d'un vieux sage dans un corps de gamin, que je me répète chaque matin au réveil :

— Ne te reproche jamais d'avoir accepté la mission que je te confie – mais si tu ne la mènes pas à bien, je serai mort pour rien.

Pendant trois jours, il m'a transmis ce que je devais savoir, ce que je devais cacher, ce que je devais faire semblant de connaître ou d'ignorer. J'apprenais par cœur les découvertes de sa mère en ne comprenant rien, et il me faisait réviser. Il était fier de moi. Fier de mes efforts, fier de ma mémoire. Fier de son choix.

Toute la nuit du dimanche au lundi, il a récapitulé son enseignement. Parachevé son transfert, pourrais-je dire. Il se léguait à moi avec un soin méticuleux, comme s'il emménageait dans ma tête.

Puis, solennellement, il m'a remis le livre de sa maman.

— Il te protégera. *Nous* te protégerons, maintenant que tu es notre avenir.

Il y avait une ironie douloureuse, dans sa voix, une dérision résignée. J'ai mis plus de soixante ans à savoir ce que c'était, Marianne : un humour de vieillard qui a fait le tour de sa vie. L'effet secondaire de la précocité. Je n'ai su répondre que merci.

Il me fixait. Il attendait autre chose. J'ai entrouvert le livre, je l'ai respiré, et j'ai embrassé le marque-page. Ce symbole si fort, cette figure sacrée que les nazis avaient voulu transformer en signe d'infamie. Il a murmuré :

— Fais-lui confiance, et elle deviendra ta bonne étoile.

Ensuite, il m'a ouvert son cœur. Finis les calculs, les équations, la bombe. Il m'a raconté tout simplement ses derniers mois de bonheur avec sa mère, dans la cabane du jardin public où ils s'étaient réfugiés, quand les lois antijuives les avaient expulsés de leur appartement d'Hadamar. Leur chalet-boutique de glaces où, dans l'atelier de fabrication, entre le compresseur frigorifique et les bacs de crème, elle dessinait l'univers sur les murs, lui expliquant la création de la matière par l'intelligence des atomes, cette intelligence qui pour elle était le seul Dieu. Quant au diable, c'était l'enfant naturel de la bêtise et de la haine qui avait divisé le monde, hiérarchisé les espèces, les races et les sexes. Alors qu'il n'y avait entre les pierres, les arbres, les animaux et les humains qu'une différence complémentaire, une interaction constante. Quatre-vingt-dix-huit pour cent des atomes qui nous composent, qu'on soit Einstein, Hitler, une fleur ou un veau, étaient présents lors de la création du monde. C'est la même histoire qui continuait, d'âge en âge, d'être en être, que la matière paraisse inanimée ou non, dotée de raison ou pas.

Il voulait que je poursuive les travaux de sa mère pour découvrir ce qu'il appelait « l'intelligence de départ ». Avec les moyens que le *H-Plan* mettrait à ma disposition, je devais continuer à casser des noyaux pour offrir à l'humanité non pas la bombe, mais la particule manquante. La particule invisible qui avait *organisé* la matière, en donnant une masse aux atomes. La particule de Dieu, que nous portons tous en nous. Alors, il n'y aurait plus de religions adverses, de guerres, de discriminations, de numéros tatoués sur les poignets. Il n'y aurait plus, comme l'écrivait Dante, que « l'amour qui fait se mouvoir le soleil et les autres étoiles ».

— Cette particule invisible, qui n'est qu'une théorie jusqu'à présent, elle s'appelle un boson. Tu prouveras son existence. Et tu lui donneras notre nom. Le boson de Rosfeld.

Je buvais ses paroles, fasciné. Il se passait en moi quelque chose d'extraordinaire, Marianne, mais qui n'avait rien d'un bouleversement. Ma vision du monde n'était pas en train de basculer, au contraire. Ce gamin d'une maturité et d'une culture phénoménales ne faisait que donner raison au petit paysan ignare que j'étais. On m'avait déclaré fou, mais non : les veaux étaient comme nous. Éprouver pour eux l'amour que ne savaient plus donner les humains, se sentir pareil à un animal ou à un brin d'herbe, c'était ça, l'intelligence. L'intelligence du cœur, comme il disait, la seule qui permettait de comprendre comment fonctionne la vie. C'était prouvé scientifiquement : il n'y avait plus qu'à continuer les recherches. C'était aussi merveilleux qu'horrible. Je venais enfin de trouver ma famille, et on allait me la prendre. Me tuer mon véritable frère. De par sa volonté.

J'essayai un ultime argument : il n'était pas obligé de mourir pour me sauver. Si la directrice d'école tenait tant à lui, il n'avait qu'à exiger d'emmener un accompagnateur. Il a fermé les yeux sur l'image que ma phrase avait dû faire jaillir dans sa tête. Une tentation, un regret qu'il refusait de s'accorder.

— N'insiste pas. Je n'arrive plus à vivre. Je ne supporte plus de me souvenir. Je ne peux pas lutter contre les tulipes…

Il m'a raconté le jour où la Gestapo était venue les arrêter au chalet, sa mère et lui, parce que la vente de crèmes glacées *aussi* venait d'être interdite aux juifs, et que le nouveau gardien du parc les avait dénoncés. Ils avaient essayé de s'enfuir, sa mère avait reçu une balle dans le dos. En pleine crise d'épilepsie, il l'avait vue mourir à côté de lui dans un massif de tulipes, sans même pouvoir lui dire adieu.

Le jeune tireur avait eu pitié de lui. Dans son rapport, il l'avait mentionné comme épileptique et non comme juif. Sans se douter qu'au final, ça reviendrait au même.

— Donne-moi ton bras gauche.

Il a pris son stylo, rajusté ses lunettes et, sur mon poignet, il a transformé en 8 le 6 de mon matricule. Je me suis laissé faire. Je n'avais plus d'arguments. Il a vérifié que tout le monde dormait autour de nous. Alors, dans les premières lueurs de l'aube, avec un sourire confiant, il m'a fait lever. Et nous avons échangé nos lits numérotés, nos destins.

*

Il était calme, atrocement calme. Déjà ailleurs. Moi, je paniquais en silence, le drap remonté sur le crâne.

Je ne savais pas ce que je redoutais le plus : la réussite de son projet qui le mènerait à la chambre à gaz, ou la découverte de la supercherie qui me remettrait à ma place, dans le destin collectif programmé pour les bouches inutiles.

Quelques minutes ou quelques heures plus tard, je ne me souviens pas, le dortoir s'est allumé brusquement. Bruit de bottes, coups de sifflets. Les SS ont fait lever tout le monde, sauf moi. Les ordres fusaient autour de mon lit :

— À la douche ! Vite !

J'ai glissé un œil au ras du matelas. Ils vidaient le dortoir, remettaient à chacun une serviette et un bout de savon. J'ai reçu un coup sur la tête, une main a arraché le drap.

— Debout, on t'a dit ! a hurlé une voix.

— Pas lui ! a répondu l'officier qui tenait le registre. B 48, il reste.

Je n'ai pas eu le temps de chercher mon ami dans la masse des pyjamas évacués ; la main a rabattu le drap sur ma tête. J'ai retenu mon souffle autant que j'ai pu. Le vacarme, les cris d'hystérie, les coups, le martèlement dans l'escalier… Puis le silence. L'effroyable silence.

C'était fait. Notre échange était consommé. David ne s'était pas trompé : quand les gens ne sont plus que des numéros, il suffit de changer un chiffre pour devenir un autre.

Je pleurais sous le drap toutes les larmes de mon corps, jusqu'à l'étouffement. L'étouffement que subissait mon ami pendant ce temps. Je voyais la scène qu'il m'avait décrite par anticipation avec sang-froid, minutie, précisions techniques, afin que, la peur aidant, je le laisse y aller «pour moi». Le gaz qui s'échappait des douches à la place de l'eau. Les SS qui chronométraient l'agonie derrière leurs masques, aéraient la pièce, évacuaient les corps… Tout ce que votre grand-mère, sur ordre du colonel Grübblick, lui avait dépeint pour le «mettre en condition», lui faire mesurer la faveur insigne que lui accordait le IIIe Reich en l'épargnant.

Moi qui avais tant d'imagination pour meubler mon ignorance, d'habitude, j'étais incapable de construire un scénario de remplacement. De changer la fin de son récit : une panne de gaz, une fuite d'eau, une fenêtre qu'on n'arrivait pas à fermer, l'armée anglaise qui bombardait l'hôpital juste à temps… Non. Je n'imaginais rien d'autre que la réalité : un genre d'abattoir perfectionné où le gaz s'était substitué aux couteaux et les humains au bétail. Et je vivais ma mort à distance, par procuration – la mort de Jürgen Bolt, le petit bouseux sans avenir, l'attardé mental, le sauveur de veau. Une dernière fois, *j'accompagnais*.

J'ai eu l'impression que notre agonie durait des heures. Vingt minutes, en fait, comme je l'ai su plus tard.

Une autre main a retiré le drap, plus douce, m'a touché l'épaule. J'ai rouvert les yeux, péniblement, les paupières collées par les larmes. C'était Gretel, l'infirmière-chef. Le ton voilé, le menton tremblant, elle m'a dit de m'habiller et de descendre dans la cour avec ma valise : c'étaient les ordres. *On* venait me chercher.

Je me suis levé. Sans un mot, elle m'a serré contre elle un instant. J'ai senti – comment dire ? – une compassion machinale. Indifférenciée. Moi ou un autre. J'étais celui qui restait. Elle ne savait pas pourquoi l'on m'avait épargné, et ça ne la regardait pas. Peut-être qu'on me réservait un sort encore pire – la torture médicale, le prélèvement d'organes sans anesthésie, l'expérimentation pour faire avancer la science… Elle est ressortie très vite, le pas très raide.

J'ai enfilé les vêtements qu'elle avait déposés sur le lit. Ils étaient trop petits pour moi, mais beaucoup plus beaux que les miens. J'ai noué les lacets des chaussures presque neuves. Puis j'ai pris sous le lit la petite valise de David – *ma* valise. Je l'ai ouverte. Elle était vide. J'y ai placé le livre planqué sous mon traversin, je l'ai refermée, et je suis descendu.

Le grand hall était désert. Du sous-sol parvenaient des rumeurs, des chocs sourds, le bruit des seaux d'eau et le frottement des balais qui retentissaient le jeudi matin, d'habitude, jour du ménage. Par une fenêtre de derrière, j'ai vu des brouettes qui se croisaient, les unes vides, les autres couvertes de bâches d'où s'échappaient des bras, des pieds, brinquebalant en direction du bâtiment voisin dont la cheminée crachait une fumée noire. Au lieu d'enterrer les corps, on les brûlait. Ça, mon ami ne me l'avait pas dit.

Devant la porte fermée qui menait au sous-sol s'entassaient des pyjamas de toutes tailles. Et des lunettes. Un enchevêtrement de lunettes où j'ai repéré les siennes. Je les ai prises, lentement, je les ai mises sur mon nez. Je n'y voyais plus rien, alors je les ai glissées dans ma poche, pour le jour où je serais myope.

L'infirmière-chef est remontée avec une pile de serviettes et de savons qui n'avaient pas servi. Elle a sursauté en me voyant, m'a désigné la cour d'honneur d'un geste sec. D'autres piles de serviettes arrivaient derrière elle, portées par des jeunes gens. J'ai tourné le dos et je suis sorti.

Le soleil avait du mal à percer la brume obscurcie par la fumée du crématoire. Une puanteur que mon nez, pourtant habitué aux relents de la ferme, arrivait tout juste à supporter. Je me suis placé à côté du grand cèdre, au centre de la cour, la valise entre mes pieds, et j'ai attendu. Je ne sentais presque pas le froid. Il tombait des copeaux de cendres qui s'accrochaient à ma veste. Je me disais : c'est mon ami qui neige sur moi, pour me tenir chaud.

Trois officiers, deux photographes, un caméraman et un civil sont sortis en allumant des cigarettes. Ils avaient l'air contents. D'un ton expert, ils commentaient les résultats. Le temps d'agonie, les réactions anatomiques, les performances comparées du gaz Zyklon B sur les humains et sur les rats, l'efficacité du système de ventilation, le problème que posait le nettoyage du carrelage entre deux fournées. Ça paraissait leur principal souci. L'euthanasié devait absolument croire qu'il allait prendre une douche; c'était statutaire, c'était une clause incontournable dans la charte des chambres à gaz – le souhait du Führer en personne. Pourquoi? Pour réduire le stress afin que la viande soit tendre et qu'elle brûle mieux? Voilà ce que je me racontais, avec mes références de l'époque. Pour rester digne, pour ne pas m'effondrer en imaginant mon ami dans les flammes, pour ne pas sembler suspect aux yeux des nazis. Je me disais : un surdoué, ça ne pleure pas.

Ils ont fini par me remarquer, derrière le grand cèdre au pied duquel j'avais l'air d'attendre le train.

— Qu'est-ce qu'il fait là, celui-là? a demandé le plus jeune des officiers.

— C'est un transfert pour le *H-Plan*, a répondu l'aîné.

— Le quoi ?

— Un camp de travail pour les intelligences supérieures.

Le jeune SS m'a dévisagé, l'air pincé. Et j'ai vu dans ses yeux cette lueur que j'allais souvent provoquer, dès lors. L'incompréhension. L'hostilité envieuse. Qu'avais-je de plus que lui ? C'était quoi, cette *intelligence supérieure* qui me sauvait la vie, qui me valait un traitement de faveur ? L'intelligence, pour cet Aryen bodybuildé comme pour tant d'autres copies conformes issues du moule des Jeunesses hitlériennes, l'intelligence c'était le calcul, la ruse, la fourberie : un trait de caractère juif. Comment une tare qui désignait les adversaires du Reich pouvait-elle soudain devenir un critère de valeur ?

— Pousse-toi de là ! a ordonné le caméraman.

Je me suis déplacé pour qu'il installe son trépied. Après avoir cadré l'amorce d'une branche, il a braqué son objectif vers la cheminée, qui continuait de cracher en direction du bourg sa fumée noire retombant sur les petites maisons pimpantes.

— Que va dire la population ? s'est inquiété le civil.

Les militaires ont haussé les épaules. Ce n'était pas leur problème. Ils étaient là pour vérifier le bon fonctionnement d'une technique expérimentale, c'est tout. La réaction des autochtones ferait l'objet d'autres tests effectués sous la responsabilité d'un autre service.

— Vous souhaitiez une opération « propre », a insisté le civil, sans doute un technicien de la firme IG

Farben qui produisait le Zyklon B. Il ne faudra pas accuser le gaz.

Un autocar gris est arrivé dans la cour. J'ai juste eu le temps d'apercevoir quelques visages collés aux vitres sales. Trisomiques, hydrocéphales, vieillards hagards et enfants déchaînés qui se cognaient le front avec un hurlement continu. Le jeune officier a vérifié l'heure, d'un geste agacé.

— L'hôpital d'Eichberg. Ils ont dix minutes d'avance.

L'opérateur a tourné sa caméra pour filmer l'autocar, qui a disparu à l'intérieur d'un grand garage en bois fraîchement construit. Maintenant que notre asile était vide, les autres établissements psychiatriques de la région étaient invités à bénéficier de l'infrastructure. En quelques mois d'activité, les douches à gaz d'Hadamar auront euthanasié douze mille patients. La période de tests effectués dans des centres similaires portera le nombre des victimes, pour l'ensemble de l'Allemagne, à plus de soixante-dix mille. Le temps de perfectionner la technique destinée à équiper les camps d'extermination. Et de parfaire l'apprentissage des « garçons de douche », pour la plupart des étudiants qui, s'ils parvenaient sans états d'âme à asphyxier leurs compatriotes aryens, seraient d'autant plus efficaces quand il s'agirait de juifs et d'étrangers.

Les portes du garage en bois venaient de se refermer lorsque la DKW décapotée est arrivée dans la cour. Le visage des experts s'est détendu au spectacle de la jolie blonde en uniforme qui descendait de la voiture. Ils ont échangé le salut nazi. Elle s'est présentée :

— *Oberleutnant* Ilsa Schaffner, directrice du *Höchstbegabtslehrplan*.

Puis elle s'est figée en me découvrant, immobile avec ma petite valise entre les jambes et mon air anodin.

— Un problème ? lui a demandé le plus gradé des SS, en cessant de lorgner ses formes pour suivre son regard.

— Non, non, *Obersturmführer*, s'est défendue aussitôt votre grand-mère. Tout s'est… bien passé ?

Il a répondu d'un ton sobre :

— En temps et en heure.

Elle m'a de nouveau jeté un œil, malgré elle, avant de lui demander, aussi neutre que lui :

— Et… et les autres ?

Il a désigné la cheminée. Je l'ai vue déglutir.

— Tous ?

— Oui. Sauf le vôtre. Pourquoi ? Un seul ne vous suffit pas ?

Il y avait dans sa voix autant de reproche narquois que de sensualité brute. L'humour nazi.

— J'ai réclamé celui qui avait les capacités requises, *Obersturmführer*, a-t-elle répliqué avec une rigueur administrative.

Le marchand de glaces avait vu juste. Ces gens ne fonctionnaient que par la peur, les rapports de force et la soumission à l'ordre établi. Le moindre grain de sable dans l'engrenage suffisait à les broyer. Reconnaître une erreur sur la personne, quel que soit le responsable, n'aurait signifié qu'une chose : l'infaillible organisation du Reich s'était fait berner par un petit juif de quatorze ans. Il fallait sauver les apparences. L'usurpateur, il serait toujours temps de l'éliminer à huis clos au sein de l'école, s'il se révélait dénué de capacités suffisantes. C'était la manière dont, sur l'instant, j'interprétai la réaction d'Ilsa.

— *Heil Hitler !* a-t-elle lancé pour mettre un terme à la situation, avant de m'empoigner par le bras et de me propulser violemment vers sa voiture.

Elle a démarré sur les chapeaux de roue, calé, redémarré après plusieurs ratés qui ont fait ricaner les SS. Mieux valait qu'ils se moquent d'elle *pour ça.* Comme vous le savez sans doute, un antagonisme assez lourd pesait entre l'armée classique et la toute-puissante milice d'Himmler. En théorie, le SS qu'elle venait d'affronter avait, sous une autre appellation, le même grade qu'elle, mais il était habilité à la mettre en état d'arrestation. Et de toute manière, les rares femmes officiers de la Wehrmacht n'avaient qu'un rang honorifique, sans valeur de commandement sur les hommes. Aux yeux des SS, elle n'était qu'une auxiliaire féminine en charge d'un programme scolaire.

Elle a franchi les grilles à toute allure, tourné à gauche en manquant renverser un cycliste. Assis à l'extrême bord du siège passager, les lèvres entre les dents et les genoux serrés au-dessus de ma valise pour ne pas trembler, je m'efforçais d'afficher une attitude mêlant le maintien nazi à la culpabilité juive, par respect pour ma bienfaitrice et souci de vraisemblance. L'exercice était plutôt acrobatique, mais je m'entraînais. J'essayais de donner le change. De respirer l'intelligence.

Elle a traversé la ville en trombe, roulé plusieurs kilomètres en silence. À la dérobée, j'observais son profil tendu, son regard rivé à la route, et il me semblait qu'on avait un peu la même expression. Mais elle portait un pistolet à la ceinture et je m'attendais au pire.

On est entrés dans la forêt de sapins où il n'y avait plus personne. Elle accélérait dans les lacets et ça me donnait mal au cœur. Je mordais mes lèvres jusqu'au sang. Je n'allais pas, en plus, gerber dans sa voiture.

Au bout d'un moment, elle a brusquement écrasé la pédale de frein en pleine ligne droite, a reculé pour s'engager dans un chemin de traverse. Après avoir cahoté sur une centaine de mètres, elle a stoppé net et s'est retournée vers moi. Le soulagement, la colère et le besoin de comprendre se partageaient son regard, avec une maîtrise que démentaient ses doigts triturant le tissu de son siège.

— Tu es *qui*, toi ?

Sans me laisser le temps de répondre, elle a retourné mon bras gauche, regardé le numéro falsifié dans les plis du poignet. Sur le ton le plus calme et le plus poli possible, j'ai dit que j'étais le remplaçant de B 48. La baffe m'a envoyé heurter le montant de portière. D'une traite, j'ai avoué mon vrai matricule et mon nom d'origine. B 46, né Jürgen Bolt. J'ai raconté la ferme, les veaux, l'abattoir, le sauvetage de Sonntag, la prime que j'avais rapportée à mes parents. Et le service que j'avais rendu à B 48, en acceptant de vivre à sa place.

Alors elle a eu une réaction qui m'a laissé sans voix. Elle s'est rejetée en arrière contre son dossier en secouant la tête avec une espèce de rire nerveux, sans bruit. Un spasme. Elle a expiré plusieurs fois par le nez, avant d'allumer une cigarette. Elle en a tiré une longue bouffée et l'a balancée dans l'herbe. Puis elle s'est retournée vers moi, avec une tension extrême, pour articuler sur un ton apparemment détaché :

— Et on fait quoi, maintenant ? Je t'écoute.

Comme si c'était moi qui étais en charge des opérations. Face à mon silence, elle a repris d'une voix toujours aussi neutre :

— Je suis physicienne de formation, je dirige au sein de l'armée un laboratoire de psychologie expérimentale, je suis censée ramener un sujet aux capacités intellectuelles d'une précocité inouïe, et je me retrouve avec un gardien de vaches. Je t'écoute. On fait quoi ?

Jamais je ne m'étais senti jaugé de cette manière. Elle traquait la moindre de mes réactions à ses paroles, elle analysait mon regard, sondait mes pensées. Elle me scannait, comme on dirait aujourd'hui. Elle voulait savoir qui j'étais. Un simple demeuré n'ayant fait que subir l'échange, ou un calculateur prêt à tout pour survivre. Étais-je un leurre ou étais-je un piège ? Une bavure sans intention de nuire, ou la vengeance posthume d'un surdoué ?

Tout cela, bien sûr, je me le suis dit par la suite. Sur le moment, ce regard, je ne songeais qu'à le soutenir. À *faire illusion.* Avec mon instinct de paysan transcendé par la confiance et les certitudes du marchand de glaces, je me répétais que ma seule chance de sauver ma peau, c'était qu'elle me croie intelligent. Alors je faisais mon David. J'imitais son expression. Cet air de petit vieux revenu de tout, le cœur en miettes et l'ironie à bout de souffle. Cette pose de désespéré précoce rentrant la tête dans les épaules et fixant le vide pour qu'on l'oublie.

— Réponds à ma question, a-t-elle relancé sèchement. Comment réagirais-tu, si tu étais moi ?

J'ai dit d'un air bien élevé qu'elle me faisait trop d'honneur. Puis j'ai pris ma respiration pour enchaîner, avec de plus en plus d'assurance, que mon ami m'avait choisi pour aller à sa place dans l'école qu'elle dirigeait. Mais elle ne m'a pas laissé le temps de finir ma phrase.

— Pourquoi il m'a fait ça ?

J'ai répondu sur un ton de circonstances atténuantes :

— Il voulait retrouver sa maman.

Et j'ai essayé de l'attendrir en la prenant à témoin, avec un petit geste sobre. Impassible, elle a jeté :

— Ça, j'ai compris, merci. Mais pourquoi il t'a choisi *toi* ? Jürgen Bolt… Je parie que tu n'es même pas juif !

Imaginez cette parfaite Aryenne en uniforme de la Wehrmacht me disant cela avec un air de reproche. Évidemment, je manquais de recul pour goûter le sel de la situation. Elle a crié trois tons plus haut :

— Pourquoi il t'a sauvé *toi* ?

J'ai hésité un instant. J'ai failli répondre : « Parce que je suis sympathique. » Et puis j'ai préféré laisser planer le mystère en écartant les mains d'un air vague. Ça pouvait passer pour de la modestie.

— Connard ! a-t-elle hurlé avec une deuxième baffe qui m'a dévissé la tête. Il a choisi exprès le plus crétin, c'est ça ?

Sans attendre la réponse, elle s'est retournée, frappant son volant du plat de la main avec encore plus de violence.

— Trois ans ! Il m'a fallu trois ans pour les convaincre que leurs asiles psychiatriques sont remplis de génies en herbe catalogués débiles, trois ans ! Et vous venez tout foutre par terre !

Le pluriel m'a fait monter les larmes aux yeux. Ce pluriel qui n'avait plus de raison d'être. Que je réussisse ou non à tenir son rôle, j'avais perdu le seul ami de ma vie. Elle a empoigné la valise entre mes jambes, l'a ouverte, a sorti *Le Secret des Atomes*. Elle l'a feuilleté, elle a déchiffré quelques-unes des notes qu'il avait prises en tous sens dans les marges. L'étoile jaune est tombée. Quand je lui ai rendu le marque-page, son regard m'a glacé. Tant d'espoir trahi, de détresse impuissante… Elle a rangé le livre dans la boîte à gants qu'elle a refermée avec brutalité, avant de reprendre d'une voix sourde :

— J'ai déjà sauvé trente-cinq enfants, tu entends ? Trente-cinq intelligences exceptionnelles que je fais travailler jour et nuit pour justifier leur survie auprès du SS qui me contrôle, et s'il découvre que tu n'es qu'un taré, tout mon programme s'arrête, tu comprends ça ? J'ai des adversaires au plus haut niveau du Reich qui n'attendent qu'un faux pas de ma part, et le faux pas c'est toi ! Disparais !

J'ai mis quelques secondes à comprendre le sens qu'elle donnait au dernier mot. Elle s'est penchée pour ouvrir ma portière. Il s'est alors produit un événement considérable, totalement inattendu, et qui vous paraîtra dérisoire dans une telle situation, voire choquant, mais qui a déterminé toute la suite de ma vie. J'ai senti ses seins contre ma cuisse, un bref instant, et une extraordinaire excitation m'a envahi. En même temps qu'un sentiment d'absolu déchirement. Elle a crié :

— Disparais, j'ai dit ! Cours, évade-toi, allez, fous le camp ! Tu es libre.

Pardon d'insister, Marianne, dans les circonstances où nous nous trouvons, mais je ne me suis jamais remis de cet instant. L'instant précis où je suis sorti de l'enfance, de mes limites, du regard aveugle ou réducteur que tout le monde avait toujours porté sur moi, à l'exception d'un petit compagnon de captivité. Elle venait de m'offrir d'un seul mouvement de son corps la liberté et le désir. La possibilité de m'enfuir et la tentation de rester. C'était le carrefour de ma vie. Le premier carrefour où il m'appartenait de choisir.

Jusqu'alors, c'est mon voisin de lit qui avait décidé de notre sort, et je m'étais laissé faire. Là, j'étais seul à pouvoir trancher. Tout en comprenant immédiatement que les deux chemins qui s'ouvraient à moi n'étaient que des impasses. Jamais il ne pourrait se passer la moindre chose avec cette femme que, soudain, je désirais si fort. Pour elle, j'étais un gamin ; pour moi, c'était l'ennemie. Et dès que j'aurais le dos tourné, dès que je commencerais à courir, elle me tirerait dessus. C'était fatal, évident, même pour un esprit sous-développé comme le mien – disons « en voie de développement », cette expression qui s'imposera quelques années plus tard. Il n'y avait pas d'autre recours, de son côté. C'était le seul cas de figure qui pourrait les tirer d'affaire, elle et son programme :

j'avais refusé de mettre mes capacités intellectuelles au service du Führer, je m'étais échappé et elle avait dû m'abattre. Voilà le rapport qu'elle transmettrait aux SS. Dossier classé. Mort, je resterais un surdoué conforme au résultat de son test. Vivant, j'apparaîtrais en deux minutes comme un crétin de bouseux, un imposteur, une offense impardonnable à la machine de guerre nazie.

Qu'allais-je décider ? Prendre mes jambes à mon cou pour lui obéir comme si j'avais confiance, ou implorer sa pitié pour qu'elle m'accorde une chance de prolonger David ? Je pense que mon choix a été le produit d'une opération mentale qui était sans doute le premier acte *intelligent* de ma vie. Une synthèse. La synthèse entre deux impossibilités, que je retournais à mon profit. J'allais fuir afin de la couvrir : c'était la seule solution pour qu'elle puisse continuer à sauver d'autres enfants comme le petit marchand de glaces, plus dignes de vivre que je ne l'étais. J'allais succomber non pas comme une victime, mais comme un héros. J'allais me sacrifier. Me comporter *en David Rosfeld.* L'acte fondateur de ma nouvelle identité. Sa seconde mort allait être à la hauteur de la première. Il serait fier de moi.

J'ai regardé Ilsa Schaffner au fond des yeux. J'ai gravé sa beauté dans mon cœur, je l'ai imaginée nue dans mes bras, comme autrefois Tristan étreignait Isolde sur la place de mon village natal – la sculpture que les nazis avaient brisée en tant qu' « art dégénéré » parce que le sculpteur s'appelait Jacob. Et je lui ai dit :

— *Auf Wiedersehen, Oberleutnant.*

Il est difficile de percevoir toute la sensualité meurtrie dont j'avais chargé ces quatre dernières syllabes : les sonorités allemandes privilégient l'exaltation au trouble. Qu'importe : j'allais mourir en bandant. La plus belle mort qui soit. Puisque je n'avais plus rien à perdre, je me suis soudain jeté sur elle et je l'ai embrassée sur la bouche. Oh, ce ne fut pas un baiser, juste un placage. Mes lèvres sur les siennes, un dixième de seconde, avant qu'elle me repousse d'un air abasourdi et que je me rue hors de la voiture.

Ça doit vous paraître ridicule comme attitude, non ? Pathétique, infantile. Merci de votre indulgence. Je courais de toutes mes forces dans les sillons gelés d'un champ de je ne sais quoi. Je ne touchais plus terre. J'avais embrassé une femme. Au moins, j'aurais connu ça ; je ne serais pas mort sans rien. Dans mon esprit d'adolescent en surchauffe, j'avais baisé mon ennemie. J'attendais la balle dans le dos qui allait sanctionner cet acte de guerre. Une balle qui se logerait en plein cœur, pour ponctuer le premier et dernier amour de ma vie.

— Arrête-toi !

J'ai stoppé net. Et je me suis retourné lentement. Elle pointait son pistolet dans ma direction, comme prévu. J'ai rempli mes poumons en bombant le torse, pour augmenter la surface d'impact. Il ne fallait pas qu'elle me rate.

Elle s'est approchée, lentement, le doigt crispé sur la détente. Des corbeaux se sont envolés à l'orée du bois, en croassant dans le ciel glacé. Je fixais le canon, j'attendais que la fumée en jaillisse. Mais c'est de sa bouche qu'est sorti un panache de vapeur :

— Qu'est-ce que tu sais, exactement ?

Elle était à moins de cinq mètres de moi, je distinguais parfaitement ses yeux et le volume de sa poitrine sous l'uniforme. Je lui ai demandé de répéter sa question. Elle l'a précisée :

— David t'a parlé de sa mère ? Tu sais quelque chose sur ses travaux ?

Le temps que j'essaie de construire une réponse, l'envie de vivre m'était revenue. Pas l'envie, non : le devoir. Mêlé à un sentiment de honte soudaine. David m'avait confié une mission. Il m'avait dit : « Tu seras utile et tu seras heureux. » J'avais promis. Il voulait que je vive pour lui, pas que je meure en héros. Comment avais-je pu laisser l'exaltation des sens supplanter l'espoir qu'il avait placé en moi ?

— Tu ne sais rien, a-t-elle conclu sèchement devant mon silence. Il ne t'a rien dit.

Je l'ai toisée avec l'air le plus fin que j'aie pu. Et j'ai répliqué :

— Si. Je sais tout.

— Je t'écoute.

Sur un ton supérieur qui m'est venu assez naturellement, j'ai rétorqué :

— Pas ici. Allons à votre école.

— Tu rêves ?

— David m'a demandé d'être lui : je le serai.

— Mais c'est un génie, David !

— Eh bien, faites-le-moi être.

Les mots qui ont scellé mon destin. La phrase bancale, le cri du cœur qui allait la remuer à un point que je ne pouvais imaginer, sur le moment. Elle m'a dévisagé, impassible. Un instant, j'ai senti sa résolution vaciller, puis elle a insisté :

— Qu'est-ce qu'il t'a dit ? Tu ne vivras pas une seconde de plus si tu ne me réponds pas.

Avec une lenteur placide, les yeux dans ses yeux, j'ai prononcé :

— $E = mc^2$.

Rien n'a bougé sur le visage d'Ilsa. Aucun tremblement dans sa main serrée sur l'arme. L'effet de la formule magique n'était pas flagrant.

— C'est-à-dire ?

J'ai prolongé le suspense quelques instants, et j'ai récité sur un ton de confidences :

— *E* c'est l'énergie, *m* c'est la masse d'un corps, et *c* la vitesse de la lumière : trois cent mille kilomètres par seconde.

— Et alors ?

J'ai pris une longue inspiration, et j'ai imité les inflexions patientes de mon petit mentor du dortoir – sans me rendre compte que, du coup, je donnais l'impression de m'adresser à une débile :

— Albert Einstein a prouvé que plus la masse est lourde, plus l'énergie qu'elle perd en se fissurant est importante, d'accord ? Le noyau le plus lourd, c'est celui de l'uranium. Si on arrive à le casser, on obtiendra la bombe atomique. Celle qu'Einstein est en train de fabriquer en Amérique pour nous détruire.

Ses mâchoires s'étaient contractées deux fois, lorsque j'avais prononcé le nom d'Einstein. Elle a demandé, très tendue :

— Et nous, en Allemagne, où en sommes-nous ?

— En ce moment, j'sais pas. Ma mère disait que son ami Werner évalue la masse critique à treize tonnes.

Ses sourcils étaient froncés, son beau visage tout chiffonné. J'ai eu l'impression qu'elle ne suivait plus. Elle n'avait même pas réagi en entendant « ma mère ». J'ai précisé qu'on appelle masse critique la quantité de noyaux qu'il faut casser pour obtenir une réaction en chaîne. Elle m'a coupé la parole d'un geste nerveux.

— Werner *qui* ?

J'ai répondu sur un ton d'évidence, étonné qu'elle ne le connaisse pas :

— Werner Heisenberg. Celui qui essaie de vous fabriquer la bombe atomique, à Berlin.

On aurait dit que le monde explosait autour d'elle. Elle a articulé d'un air atterré :

— Heisenberg était en contact avec Yael Rosfeld ?

J'ai nuancé la nouvelle pour lui éviter de faux espoirs :

— De toute façon, il n'arrive pas à casser les bons noyaux. Et sans elle, il ne risque pas de trouver la solution.

— C'est quoi, la solution ? a-t-elle lancé comme un défi. Je les connais, ses travaux : elle n'a jamais rien publié sur la masse critique. Je t'écoute.

J'ai hésité. J'allais brûler mes dernières cartouches. Après, je n'aurais plus de quoi l'intéresser ; j'aurais épuisé tout ce que j'avais eu le temps d'ingurgiter.

— C'est quoi, la solution ? a-t-elle crié.

J'ai ruminé encore un instant, le regard au sol, puis j'ai répondu d'une traite :

— Monter la masse critique à vingt-cinq tonnes.

Elle a baissé son arme. Je venais de réussir mon premier test. Et de placer la première erreur que mon ami m'avait chargé de transmettre, pour ralentir leur course à la bombe. En réalité, il fallait faire le contraire : réduire la masse critique à soixante kilos. Comme l'équipe du Projet Manhattan, aux États-Unis, ne tarderait pas à le comprendre. Sa mère n'avait eu que cinq ans d'avance sur tout le monde – cinq ans qui auraient permis aux nazis d'atomiser l'Angleterre dès son entrée en guerre.

— Pourquoi vingt-cinq tonnes ?

Pour qu'ils perdent un temps précieux à se procurer l'uranium qui leur manquait, évidemment. Je n'allais pas le lui dire. J'ai coupé court en retournant vers la voiture :

— Faites-le, et vous verrez.

Elle m'a remis en joue en me barrant le chemin.

— Justifie ce chiffre !

J'ai haussé les épaules.

— C'est à maman qu'il fallait demander ça, au lieu de la flinguer.

J'ai vu son index se relâcher sur la détente, puis se crisper à nouveau.

— Tu répètes une leçon apprise, là. Il faut que tu la justifies par des calculs, des arguments techniques sur les étapes de la fission. Tu te crois capable de jouer le jeu jusqu'au bout, d'incarner *pour de vrai* le fils Rosfeld ? Tu te sens la force d'apprendre tout ce que tu es censé savoir ?

Je suis resté calme. Je l'ai défiée, moi aussi. Bien en face, je lui ai demandé :

— C'est vous qui allez m'apprendre ?

Elle a soutenu mon regard sans répondre. J'ai enchaîné :

— Si c'est vous, je suis d'accord. Et quand vous m'aurez appris à être vrai, je vous dirai comment on passe de la fission à la fusion.

Le pistolet est tombé de sa main. Elle n'a rien fait pour le ramasser. Elle est restée concentrée sur mes yeux, a murmuré lentement en détachant les syllabes :

— Que sais-tu de la fusion nucléaire, David ?

J'avais gagné. Entendre *notre* prénom dans sa bouche me donnait des ailes. Je lui ai fourni la recette d'un air confidentiel :

— Vous prenez un noyau plus léger que l'uranium. Au lieu de le casser, vous le chauffez à cent millions de degrés pour le condenser, et vous obtenez la bombe thermonucléaire. Mais ça mettra quinze ans, et j'ai très faim, là. Je n'ai rien mangé depuis hier.

Elle n'a pas relevé. Elle m'a dévisagé avec dureté.

— Tu es conscient que tu parles de l'arme absolue ? De celle qui ferait de son possesseur le maître du monde, en lui donnant le moyen de détruire toute vie sur terre ?

— Ben oui.

— C'est dans les notes manuscrites du livre, ce que tu racontes ?

— Non, non, c'est dans ma tête. *Forschungsstelle E*, l'équipe de Walter, l'autre ami de ma mère. C'est le concurrent de Werner et il est en train de se planter lui aussi… Walter Trinks ou Brinks, j'sais plus. J'ai retenu par cœur, mais y a tout qui s'embrouille, là. Emmenez-moi manger !

Elle a ramassé son arme, l'a rangée dans son étui, et m'a désigné la voiture d'un coup de menton. En une fraction de seconde, j'ai mesuré le pouvoir qui était le mien désormais. Je venais de donner un ordre, le premier de ma vie, et la personne qui, cinq minutes plus tôt, était sur le point de m'abattre allait m'obéir. Le pouvoir de l'illusion. Le pouvoir que me conféraient les secrets d'un petit génie de l'atome exécuté par erreur. Secrets dont elle me croyait, sous mon apparence de garçon de ferme endimanché, l'inespéré dépositaire.

*

Vous regardez mon poignet. Beaucoup de rescapés se sont fait enlever leur numéro, vous savez, dans une volonté d'oubli ou de discrétion. Pour que le passé pèse moins lourd, pour que la vie présente efface l'horreur qu'ils ont connue. Je les comprends, mais j'ai choisi l'option contraire. Chaque matin, mon premier geste, c'est de prendre un stylo pour refaire la correction sur le tatouage. Retransformer mon 6 en 8.

Ce n'est pas du poivre, c'est du genièvre. Indispensable dans une choucroute, pour le jeu des saveurs autant que pour la digestion. Vous devriez goûter. Il ne faut jamais juger avant de connaître.

Non, je ne dis pas cela uniquement pour vous. En toute franchise, je crois que vous n'avez jamais haï votre grand-mère aussi fort que je l'ai fait, ce matin du 13 janvier, pendant que les cendres de David neigeaient sur moi dans la cour de l'hôpital. Je la maudissais d'avoir fait de moi, sans le savoir, le complice d'un meurtre. Si elle ne s'était pas mis en tête de sauver le fils Rosfeld, on aurait pu mourir ensemble, comme deux amis qui se tiennent la main, et nos petites vies tragiques auraient fini en beauté. Voilà ce que je me disais, avant que sa voiture ne s'arrête devant moi.

Cette demi-heure d'attente aura été ma seule expérience de haine, je pense, en trois quarts de siècle. Grâce à Ilsa, grâce à ce qu'elle a fait de moi. Même quand j'ai entendu Göring et Grübblick, au procès de Nuremberg, la dépeindre comme une fanatique assoiffée de sang, je ne les ai pas haïs, non, ces deux monstres que j'avais côtoyés. Je les ai simplement plaints. Ils étaient d'ores et déjà condamnés à mort, ils le savaient, et ils chargeaient une absente. Pour rien. Le pire est qu'ils étaient peut-être sincères. Ils la prenaient *vraiment* pour une des leurs.

*

La DKW est repartie. Il y a eu deux ou trois kilomètres de silence entre nous. Concentrée sur sa conduite, votre grand-mère faisait comme si je n'existais plus. Le poids du baiser que je lui avais volé, me plaisais-je à penser. Plus vraisemblablement, la pression du mensonge, de l'imposture dont elle se rendait complice. Le pari dangereux qu'elle tentait en misant sur moi. Longtemps, je me suis interrogé sur les raisons qui l'avaient empêchée de me réduire au silence, là, sur ce champ gelé, avant même que je parle de la bombe, avant que je représente pour elle autre chose qu'une menace. Un réflexe d'humanité ? Le pressentiment de ce qu'elle pouvait déclencher en moi, de ce qui allait se passer entre nous ? Avec le recul, je pense que, dès qu'elle m'avait vu dans la cour de l'hôpital avec ma petite valise, m'efforçant de jouer les intelligences supérieures au milieu d'une bande de bouchers nazis, elle s'était identifiée à moi. Vous comprendrez tout à l'heure, quand vous la connaîtrez mieux. Nous ne sommes pas au bout de ses peines.

En patientant devant la barrière d'un passage à niveau, elle m'a demandé soudain, en me scrutant d'un air sévère :

— Tu sais qui tu remplaces ? Tu sais *vraiment* qui tu remplaces ? Ce n'était pas simplement un petit chien savant. À la fin du test que je lui ai fait passer, il y a quatre jours, il a demandé s'il pouvait me poser une question.

Elle s'est tue. J'ai attendu que le train soit passé dans ses volutes de fumée, et j'ai relancé :

— Quelle question ?

— « Y a-t-il une trace d'amour sur terre ? » Et il est sorti en refermant la porte.

J'ai compris au hasard de mes lectures, bien des années plus tard, qu'il avait sans doute voulu la tester, lui aussi. C'était une référence à un poème de Schiller, *Le Triomphe de l'amour.* Et elle n'avait pas su répondre. Mais c'est tout ce qu'elle tentait de faire au sein de l'Allemagne nazie, Marianne, contrairement à ce que vous pensez. Laisser une trace d'amour sur terre.

*

À l'entrée d'un patelin, elle s'est arrêtée devant une boulangerie et nous a acheté des bretzels. On les a mangés dans la voiture, entre le portrait d'Adolf Hitler placardé sur le mur de l'église et une librairie fermée. Le rideau de fer était marqué *Jud* à la peinture blanche. Les lettres commençaient à s'effacer.

La dernière bouchée avalée, elle m'a saisi aux épaules et m'a tourné violemment vers elle.

— Tu es en état de choc, c'est compris ? Tu as vu partir en fumée tous tes petits camarades : tu es incapable de parler et de comprendre ce qu'on te dit. Tu gardes les yeux vides que tu as en ce moment, là, très bien. Mais tu peux refermer la bouche, ça va, n'en fais pas trop.

J'ai rectifié mon attitude. Elle venait, mine de rien, de m'apprendre les rudiments du génie. Plus l'intelligence est vaste, moins elle doit se voir, et c'est à cela qu'on la reconnaît. Je n'ai jamais oublié la leçon. Grâce à quoi les plus grands cerveaux de la planète se sont toujours sentis en famille avec moi.

Elle a poursuivi, de plus en plus ferme :

— Interdiction absolue de prononcer un mot, de répondre aux questions du colonel Grübblick, ni à celles des professeurs ou des élèves, avant que je t'y autorise, et moi seule. En trois secondes, ils s'apercevraient non seulement que tu es ignare, mais que tu n'es pas juif : tes condisciples le sont à une écrasante majorité. Alors tout ce qu'ils doivent savoir de toi, c'est un chiffre : 180. Le résultat du test de connaissances et d'aptitudes qui attribue à David Rosfeld le plus haut quotient intellectuel que j'aie jamais mesuré. En arrivant, je te donnerai des livres que tu liras et des formules que tu apprendras pour faire illusion, le moment venu. Si tu me désobéis, je te tue, comme j'aurais dû le faire tout à l'heure. Compris ?

J'ai hoché la tête, avec plus de vigueur que de docilité. Je n'obéissais pas : je scellais un pacte. Dans un élan brusque, j'ai repris *Le Secret des Atomes* dans la boîte à gants. Elle m'interdisait de parler ? Très bien. Avec le stylo glissé dans la reliure, j'ai écrit d'une main appliquée : *Sie können mir vertrauen*, « Vous pouvez compter sur moi », en haut de la page-titre épargnée par les notes. Elle l'a arrachée, l'a froissée entre ses doigts en disant :

— Interdiction aussi d'écrire la moindre ligne devant quiconque, tant que tu n'as pas réussi à imiter parfaitement l'écriture de... *Ton* écriture.

Je me suis senti rougir. J'ai acquiescé en abaissant les paupières. Elle a redémarré.

Ma vie commençait, Marianne. Ma *vraie* vie. L'existence ahurissante que je dois à votre grand-mère. Oui, elle a fait d'un petit neu-neu du Limburg le futur assistant des plus grands scientifiques du siècle. Dans son propre intérêt et celui de sa cause, elle m'a métamorphosé autant qu'elle s'est servie de moi. Mais comment aurais-je pu soupçonner le scénario machiavélique que, dès nos premiers échanges, elle allait échafauder à partir de mon imposture ? Comment imaginer que, dix-sept mois plus tard, je serais devenu un agent double en route vers les États-Unis ?

Vous ne mangez plus. Vous avez tort : quand c'est froid, la choucroute, c'est un peu indigeste. Comme vous voudrez. Mais la palette fumée est exceptionnelle. Je suis incollable sur la Torah, la Kabbale et le secret des lettres hébraïques, en revanche le kasher est au-dessus de mes forces. Si je peux me permettre, pendant que c'est encore tiède... Merci. J'ai toujours eu un appétit que ne laisse pas deviner ma sveltesse. Vous avez raison. Je mange pour deux.

En tout cas, ça me fait beaucoup de bien de vous parler. D'observer la manière dont vous m'écoutez, surtout. Voir Ilsa revivre dans vos yeux est un tel cadeau. J'espère que de votre côté, ce n'est pas trop pénible... C'est gentil de me dire ça. Mais prenez votre temps. Je ne vous demande pas de l'absoudre. Pas encore. Vous commencez à la comprendre, c'est déjà un grand pas. Et je sais bien que vous finirez par l'aimer. Sinon, à quoi rime notre rencontre ?

Non, non, je vous en prie, écoutez vos messages. La vie continue, c'est normal. Je n'ai plus de portable, moi, je l'ai laissé à ma femme. En fait, il est tombé dans la fosse, le jour de l'enterrement. J'ai pris ça pour un signe. On vit très bien sans portable, vous savez, quand plus personne n'a besoin de vous.

Pas de nouvelles ? Je crois deviner à votre réaction que ça ne signifie pas forcément « bonne nouvelle ». Écoutez, ne vous tracassez plus pour cette photo qu'ils ont envoyée à la presse. Je vous ferai un témoignage écrit, un droit de réponse. Pourquoi pas ? Tout ce que je vous raconte et tout ce qui me reste à vous confier, ça ne me dérange pas d'en parler publiquement, au contraire. Si j'ai gardé pour moi ces révélations, jusqu'à présent, c'est qu'elles n'auraient rien apporté à quiconque et n'auraient fait que nuire à ma carrière. Quand les gens croient que vous êtes ce que vous dites, à quoi bon démentir ? À quoi bon fausser l'image qu'on a de vous ? Mais là, ça va, tout le monde m'a oublié. Ce qui importe, c'est de clouer le bec aux salauds qui vous attaquent sur votre grand-mère. Nous allons la réhabiliter, vous et moi. Dans l'intérêt des plages bretonnes.

Il a l'air de vous plaire, mon vin de glace. L'attaque est un peu sucrée, mais la cannelle et le clou de girofle s'imposent tout de suite avec la note d'agrumes. Non, ça n'a rien à voir avec un sauternes. Le gel dessèche les grains sur souche bien avant l'apparition de la pourriture noble. Vous avez raison, ça ne va pas du tout avec la choucroute. Mais, dans votre cas, ce n'est pas vraiment grave. Il faut un vin qui se suffise à lui-même.

C'est si dangereux, alors, ces algues vertes ? On en parle assez peu, outre-Atlantique. Et puis je ne m'intéresse pas vraiment à ce qu'on appelle l'actualité. Je n'ai jamais programmé qu'une seule alerte info sur mon ordinateur : *Ilsa Schaffner*. Oui, bien sûr, c'est pour ça que je suis là. Qui m'aurait prévenu, sinon ?

Tout ce que j'ai entendu, c'est qu'elles envahissent la mer à cause de l'excès de nitrates dans les engrais, et qu'elles ont tué un cheval. Des sangliers, aussi ? Ah bon ? Des sangliers sur les plages. Vous avez demandé une autopsie ? Racontez-moi. Non, non, soyez sans crainte, rien ne me coupe l'appétit.

*

Ils ne manquent pas d'air, vos agriculteurs. Vraiment, ils vous ont accusée d'avoir déposé des cadavres sur le sable pour incriminer le dégagement gazeux des algues vertes ? Remarquez, je les comprends : chacun défend son bout de gras, et tous les moyens sont bons. Mais dès lors que le rapport d'autopsie confirme l'empoisonnement par voies respiratoires… Ils ne sont quand même pas allés raconter que vous aviez gazé des sangliers de laboratoire au sulfure d'hydrogène, si ? Carrément. Bon.

Il demande s'il peut desservir. *Jawohl, danke, das war köstlich.* Je lui ai dit que j'ai trouvé ça très bon. Vous aussi ? C'est gentil de mentir. Je vous ai vue manger, Marianne, et je ne suis pas dupe. Non, ça ne me regarde pas, mais je reconnais la technique. La façon de couper les saucisses et de les planquer sous le chou, qu'on tasse en le repoussant au coin de l'assiette pour créer du vide… Ma femme faisait ce genre de chose. Mais elle, c'était juste une question de poids, par rapport à la caméra qui grossit toujours. Vous, ça doit être depuis l'adolescence, j'imagine. La révélation du secret de famille. Le syndrome des enfants de nazis. L'anorexie comme repentance.

Ne le prenez pas mal, je suis arrivé dans votre vie pour vous guérir de cela aussi. J'ai cette prétention, cet espoir. Laissez-les-moi ; vous en ferez ce que vous voudrez. Je vous ressers ? Aucun danger : c'est moi qui conduis. Accompagnez-moi dans cette légère apesanteur dont j'ai besoin pour vous raconter la suite. Car l'histoire de mon imposture est avant tout, Marianne, une histoire d'amour. Et ça me bouleverse de la réactiver devant vous, je vous prie de m'excuser. Je ne pleure qu'à jeun, soyez tranquille, et je ne le reste pas longtemps. Mais je ne suis jamais ivre. J'ai une très grande résistance, à tout point de vue.

Un dessert ? Non, je plaisante. Moi, je vais prendre une forêt-noire. Passage obligé. Même si je doute qu'elle soit aussi bonne que celles du château d'Helm. L'école d'Ilsa. Si ça ne vous dérange pas, avant de reprendre mon récit, je voudrais effectuer un petit retour en arrière. Pour essayer de vous faire comprendre la mentalité de votre grand-mère.

Au départ, à vingt ans, c'était une authentique nazie, mais elle n'avait rien d'une fasciste. Vous haussez les épaules, c'est normal. Vous percevez difficilement la nuance. Mais remettons les mots dans leur contexte. En 1930, « nazi », c'est « national-socialiste », au vrai sens des deux termes. Redressement national et mesures sociales pour enrayer le chômage, la misère, l'humiliation issue de la Première Guerre mondiale. Et ça marche. L'incroyable exaltation que soulève Hitler par ses meetings et ses premiers résultats, des millions d'Allemands l'éprouvent, et Ilsa ne fera pas exception.

Elle a lu Nietzsche. Elle est obsédée par la notion de *surhomme* – mais cette notion n'a rien à voir avec celle de la « race supérieure » rêvée par Hitler qui, lui, ne l'a pas lu. Il a juste détourné sa pensée. Le *surhomme*, c'est celui dont chacun porte en germe la possibilité. Il ne s'agit pas d'exercer un pouvoir sur les autres, mais de se dépasser soi-même dans l'intérêt général. L'élitisme intellectuel, c'est la seule valeur d'Ilsa. C'est la seule faute, et je pèse mes mots, qu'on puisse lui reprocher, même si elle en a tiré de grandes choses – dont moi. J'emploie le terme à dessein : je fus sa chose, et sans elle je ne serais jamais devenu quelqu'un.

J'ai incarné le plus grand défi de sa vie. Le point culminant de ce travail sur l'intelligence auquel elle consacrait toute son énergie. Faire d'un garçon de ferme sans autre bagage que son imagination, sa mémoire, son sens pratique et son bon cœur, l'un des meilleurs cerveaux du monde. Je ne dis pas « l'un des plus grands », car je suis lucide à défaut d'être modeste. Je dis « l'un des meilleurs », car ce superlatif implique la saine gestion des limites et des atouts dont on a conscience. L'empathie constructive, c'est l'une des seules qualités que je possède, mais c'est probablement la plus rare et la plus efficace. Grâce à Ilsa, qui a su la déceler en moi et l'amplifier à un degré qui dépasse l'entendement. Je ne suis pas seulement un homme heureux, Marianne. Je *rends* heureux. Je rends les autres à eux-mêmes, en les débarrassant de toute souffrance facultative, illusoire ou non productive. J'étais comme ça de façon innée, par un simple besoin d'harmonie. Harmonie que je n'avais connue qu'avec des ruminants et un épileptique désespéré, avant de rencontrer votre grand-mère. J'étais comme ça intuitivement, mais j'ai appris à l'être de façon méthodique. J'ai été un accompagnateur, toute ma vie. Simplement, grâce à Ilsa, j'ai remplacé les veaux par les génies de la science. J'ai été un réparateur, un révélateur, un metteur en scène de *vrais* surdoués. Un éternel second. Pour mon plus grand plaisir.

Égoïstement, j'ai tant aimé faire du bien aux gens qui le méritent et ça m'a tant rapporté, Marianne, que j'aimerais vous aider à votre tour, si vous me le permettez. Vous aider à être en paix, à manger, à reconstruire votre vie – si, si, je sens bien qu'elle est en miettes et que vous n'y êtes pas pour rien. Désolé de vous contredire, mais elles ont bon dos, vos algues vertes. Essayez de prendre le problème en amont.

D'accord, d'accord, restons-en à votre grand-mère. Je ne déteste pas que vous ayez ce genre de demande. Il y a une heure, vous n'auriez jamais supporté que quelqu'un vous parle d'elle en bien. C'est déjà un léger mieux. Je vous taquine, Marianne, mais je suis sérieux. Vu mon âge, vous êtes la dernière personne sur Terre, sans doute, que je serai en mesure de seconder : je ne vais pas m'en priver. Et c'est bien pour cela que je vous dirai tout sur Ilsa. Tout ce que je sais.

Elle est fille unique du général Manfred Schaffner, pilote mythique de la Luftwaffe, héros de 14-18, invalide croulant sous les médailles et l'amertume. Dès sa prime enfance, il l'élève à la schlague pour qu'elle soit à la fois sa tête et ses jambes. À trois ans, elle sait lire et compter. À sept, elle gagne tous les concours de gymnastique et elle commente la Théorie de la Relativité. Dix ans plus tard, major de son lycée militaire, elle intègre la Haute École technique de Berlin, la plus grande institution universitaire d'Allemagne. C'est là qu'en décembre 1930, Adolf Hitler vient s'adresser aux étudiants. Rien à voir avec son image traditionnelle : l'hystérique à ceinturon, baudrier, brassard à croix gammée et mèche rebelle sur le front, qui vocifère d'une voix de fausset. Là, il est en costume croisé bleu ciel, le ton posé, didactique et charmeur : votre pays, votre jeunesse, votre avenir, c'est moi. Il détaille le péril communiste, les réformes sociales, la redistribution des richesses. Pas un mot sur les juifs. Vos ennemis, ce sont les vieux, les mous, les profiteurs et les imbéciles. Vous êtes l'élite intellectuelle, vous leur faites peur, ils vous haïssent, et je suis là. Grâce à vous, grâce aux forces de la jeunesse et de la pensée, je gagnerai.

Dès le lendemain, elle prend sa carte du *Nationalsozialistische Deutsche Arbeiterpartei.* Comme quatre-vingts pour cent des étudiants et des professeurs de la Haute École. Et elle travaille, elle milite, elle y croit. Sa réussite personnelle accompagne le spectaculaire redressement de l'Allemagne. Huit ans plus tard, docteur en physique, diplômée de psychologie et sous-directrice d'un laboratoire scientifique au sein de la Wehrmacht, elle rencontre Hitler en privé grâce à Leni Riefenstahl.

Son nom ne vous dit rien ? L'actrice et cinéaste la plus célèbre de l'époque. Le Führer l'adore. Il la charge de filmer tous les congrès du parti. Cette année-là, elle se rend compte, au moment du montage, que les prises de vues de la séance inaugurale sont endommagées, et elle doit faire ce qu'on appelle un *retake.* Retourner la scène dans le décor, un mois plus tard. Elle engage donc un millier de figurants « raccord », mobilise les dignitaires du parti qui doivent réapprendre leur texte et rejouer leur rôle. Elle s'ennuie. Elle trouve leur prestation nulle. Rudolf Hess bafouille, Goebbels en fait des tonnes, Himmler est mauvais comme un cochon, Bormann se trompe de page dans le scénario. Elle réécrit la scène, persuade Hitler que « ça manque de femmes », et qu'il mécontente l'armée en ne la mettant pas assez en avant par rapport aux SS. Résultat : elle engage sur photo une auxiliaire féminine de la Wehrmacht, charismatique et sexy, pour pimenter la tribune d'honneur.

Ilsa fait un tabac. « Qui est cette actrice ? », s'émoustille Hitler. « C'est une *vraie* », lui répond Leni Riefenstahl. Du coup, elle est priée d'emmener déjeuner au Berghof « Miss Wehrmacht » – comme la surnommera Eisenhower dans ses Mémoires.

Le Berghof, c'est la résidence secondaire du Führer, son chalet fortifié au-dessus de Berchtesgaden. Ilsa demande si elle peut venir avec « un ami ». C'est lui qui est adossé à la balustrade au second plan, derrière Göring et Speer, sur la photo de votre portable. Gert von Lierenbad. Un jeune officier de l'Abwehr, les services secrets. Ils se sont connus à l'Institut de psychologie de Cologne. Il travaille sur l'intelligence précoce, lui aussi, mais il est spécialisé dans les chiens.

Après le déjeuner, la tradition veut que le Führer en culotte de peau emmène ses invités à pied jusqu'au pavillon de thé. Une véritable procession de trois kilomètres, sur un étroit sentier de montagne où seules deux personnes peuvent cheminer de front. Périodiquement, l'aide de camp vient chercher dans la file indienne l'heureux élu à qui le maître des lieux consent à dire un mot.

Vient le tour d'Ilsa. Hitler lui explique qu'elle est charmante, mais qu'Eva Braun est une bonne personne et qu'il ne se donne pas le droit d'aimer une autre femme, par rapport à l'ensemble des Allemandes, tant qu'il n'a pas achevé sa mission à la tête du Reich. Elle lui en fait compliment, et profite de l'occasion pour lui confier le grand projet qui l'obsède : créer une prestigieuse école pluridisciplinaire, qui permettrait aux enfants surdoués de devenir l'élite intellectuelle de l'Allemagne de demain. Visiblement, il n'en voit pas l'intérêt. Il y a déjà un surdoué à la tête du Reich ; c'est suffisant. Pour forger la nouvelle élite aryenne, il a créé les *Lebensborn*, ces pépinières où l'on élève en batterie des bébés blonds issus de parents sélectionnés pour leurs aptitudes au sport, aux armes et à l'obéissance. Alors il écoute Ilsa d'une oreille distraite, en jouant avec ses deux bergers allemands qu'il essaie en vain de dresser. Comme l'a fait remarquer Speer durant le déjeuner où ils ont volé un gigot : « Ce sont les deux seuls opposants au régime. »

Sur un geste du Führer, l'aide de camp ramène Ilsa à sa place dans la procession, et revient avec le major

Gert von Lierenbad. Un quart d'heure plus tard, quand on le reconduit auprès de son amie, Gert lui glisse entre les dents, avec un demi-sourire : « Ça y est, tu as ton école. »

Elle n'en revient pas : son principe du *Höchstbegabtslehrplan* a été adopté par Hitler, en moins de cinq cents mètres ! L'école occupera les trente hectares du château d'Helm, en Bavière, et l'enveloppe budgétaire est fixée à un demi-million de Reichsmarks – à titre indicatif, le double de la subvention allouée cette année-là à la recherche atomique.

— Seul petit problème, lui murmure Gert du coin de son œil qui frise, ça sera une école de dressage.

Devant l'air atterré d'Ilsa, il ajoute :

— Mais ne t'inquiète pas, on prendra les enfants *aussi.*

*

C'est ainsi que, deux ans plus tard, est inauguré l'Institut de recherche avancée sur les capacités mentales, programme secret dépendant de l'Abwehr. Une école « mixte » dans l'immense château néo-gothique dont a hérité Gert, sans les moyens jusqu'alors de lui redonner une toiture et un minimum de confort. Une fois la restauration achevée, l'aile sud est consacrée aux mômes, l'aile nord aux élèves canins.

Non, non, je vous assure. La formation de chiens-soldats a été une obsession du Führer pendant des années. Gert von Lierenbad avait réussi à le convaincre qu'il était possible de leur apprendre à parler, espionner, dénoncer et poser des bombes. Lors de sa visite d'inspection, en mai 42, un caniche de cirque l'accueillera en aboyant «*Mein-Füh-rer*». Des labradors taperont sur une planche des textes en morse. Un dogue identifiera à trois reprises un authentique juif au milieu de neuf «purs Allemands» à physionomie sémite. Et un commando de dobermans ira faire sauter des blindés de carton-pâte aux couleurs de l'Union soviétique, sans toucher à ceux portant la croix gammée.

Pour en arriver à ces résultats plus ou moins falsifiés, un immense casting canin avait été organisé sur tout le territoire du Reich, en même temps que le dépistage des enfants surdoués. Les troupes SS ayant été mobilisées pour cette double opération, leur chef Himmler avait fini par prendre le contrôle du programme, et c'est ainsi que son bras droit Hans Grübblick était devenu le superviseur d'Ilsa et Gert.

Vous avez du mal à me croire, je le vois. Mais, dès 1941, la guerre des chiens a bien eu lieu. L'Armée rouge avait entraîné des bull-terriers à trouver de la nourriture sous les chars d'assaut, puis les avait équipés d'explosifs. Une fois qu'ils s'étaient faufilés entre les chenilles du tank allemand, on les faisait sauter. À ce petit jeu, Hitler perdit vingt-six panzers. Il lui fallait sa revanche.

Quant aux enfants, leur formation était par nature moins rapide, mais, à un tel niveau de subvention, ils étaient évidemment destinés à la guerre psychologique et à l'espionnage. Qui se méfie d'un pianiste en couches-culottes gagnant des concours internationaux, d'une schizophrène anglophone qui retraduit tout Shakespeare à douze ans, d'un champion du monde d'échecs catégorie poussins ou d'un petit passionné de l'atome rescapé d'une chambre à gaz ?

C'était tout le pari d'Ilsa et Gert. Un pari d'autant plus téméraire qu'il dissimulait un double jeu. Mais cela, je ne le saurais que dix-sept mois après mon admission à Helm.

L'arrivée dans le parc de l'école fut un enchantement. Moi qui, hormis quelques années de classe primaire, n'avais connu que les travaux de la ferme, le chemin de l'abattoir et les violences de l'asile psychiatrique, je débarquais soudain au milieu d'un conte de fées. Un château de Walt Disney avant l'heure, des prairies vallonnées à perte de vue, un lac privé, des cygnes, des cascades, des vaches décoratives, une fanfare de chasse à courre pour m'accueillir au son du cor, et un escadron de chiens au garde-à-vous, patte en l'air. Patte avant droite, ai-je besoin de préciser ?

Un rêve d'enfant, après le cauchemar dont je sortais. J'ai été grisé, je l'avoue. Vert-de-grisé. Pendant au moins trente secondes. Puis, alarmée par mon sourire béat, Ilsa m'a donné un coup sur le genou en arrêtant la voiture.

— Tu es en état de choc, m'a-t-elle rappelé sèchement, pour me ramener au véritable enjeu de ma présence.

Il a suffi que je touche dans ma poche les lunettes de mon ami disparu pour aussitôt revenir sur terre. Elle m'a présenté le responsable de l'unité canine. Puis les élèves du contingent humain. La première impression fut désastreuse. À Hadamar, j'avais connu des hydrocéphales, des malades mentaux, des trisomiques... Mais ils étaient, comment dire? humains. Dégénérés, parfois, pour reprendre la terminologie nazie, mais humains. Là, j'avais devant moi un peloton de mutants ravagés de tics, la mine hostile, l'allure crispée par les complexes ou la prétention, qui me toisaient comme un intrus avec mon costume trop petit et ma valise de pauvre. Mais ce n'était pas le mépris social qui durcissait leur regard, c'était le conflit intellectuel. L'émulation étant la règle numéro un de l'établissement, ma réputation m'avait précédé. On les avait mis en garde : j'avais le plus haut quotient de l'école.

— Il a l'air normal, en plus, a glissé Gert von Lierenbad à l'oreille de sa codirectrice.

— En plus, oui, a marmonné Ilsa.

Une cloche a retenti, et mes « condisciples », comme elle disait, se sont soudain rués à l'intérieur en se bousculant avec des cris, des coups de coude et des croche-pattes. Question comportement, je ne voyais pas vraiment de différence avec la plupart des internés de mon âge qu'on avait gazés le matin. Et je me suis dit, dans un élan d'optimisme, qu'Ilsa avait peut-être tout simplement trouvé un prétexte inédit pour sauver de la mort quelques enfants dans mon genre.

*

Chocolat chaud, moka d'Éthiopie, viennoiseries, forêts-noires sur des dessertes en cuivre... La salle du goûter était une immense pièce aux boiseries sombres, avec des vitraux représentant des scènes de chasse. Un tronc de chêne se consumait dans la cheminée, et chaque pensionnaire était assis derrière un sous-main de cuir. Après la minute de décompression autorisée par la cloche, le sérieux protocolaire était à nouveau de mise autour de la table. J'avais pris place dans une sorte de conseil d'administration pour moins de seize ans, présidé par un SS d'un mètre cinquante à casquette géante – le colonel Grübblick, qui venait d'arriver de Berlin pour chasser le cerf. La dizaine de professeurs et de maîtres-chiens occupaient une table ronde dans une alcôve.

Comme le voulait l'usage à chaque nouvel arrivant, les élèves se sont présentés à tour de rôle en donnant leur nom, leur quotient intellectuel et leur direction de recherche. C'était l'article 1 du règlement intérieur qu'Ilsa m'avait fait lire dans la voiture : elle demandait à chacun de définir le cadre de son instruction – l'objectif scientifique, artistique ou social auquel il consacrerait sa vie, avec l'aide financière et logistique de l'école.

Parmi la trentaine de pensionnaires que j'ai découverts ce jour-là, quelques-uns m'ont définitivement marqué. Magdalena, une petite fille au corps tordu, qui passait son temps à manipuler des bactéries au microscope quand elle ne hurlait pas sous les contractions musculaires – une maladie du cerveau qu'on diagnostiquera trente ans plus tard : la dystonie déformante. Elle nous parlait sans cesse de ses amies imaginaires, *Paenibacillus larvae* et *Melissococcus pluton*, qui habitaient l'intestin d'une abeille qu'elle avait trouvée fossilisée par la résine d'un pin centenaire. En plaçant dans une solution de glucose et d'acides aminés ces bactéries en état de dormance, elle avait réussi, disait-elle, à les ramener à la vie.

Je revois aussi les sœurs Koznik, des jumelles qui exploraient le cosmos dans un observatoire miniature qu'on leur avait construit au bord du lac. Leurs parents, natifs de Pologne, leur avaient prudemment donné, pour bien les intégrer dans la culture germanique, des prénoms de Walkyries : Brünnhild et Sigrun. Espoir rendu vain par une récente loi obligeant tout juif porteur d'un prénom aryen à y accoler celui d'Israël ou de Sarah, pour éviter les confusions.

Et puis il y avait Kurt, dix ans et demi, un genre d'idiot du village qui plaquait en permanence ses mains sur ses cuisses avec des rotations de la tête, sauf quand il amputait des grenouilles pour chercher à comprendre les lois de l'évolution. Ce débile apparent, atteint en réalité de ce qu'on appelle aujourd'hui le syndrome d'Asperger, avait autant de peine à s'exprimer que de facilité à percer les mystères de la génétique. C'est le premier, à ma connaissance, qui ait découvert que l'hérédité se transmettait, non pas au moyen des protéines, mais par le biais de l'ADN, dont il observait la molécule aux rayons X dans le labo qu'Ilsa lui avait aménagé sous les combles du château.

Mais celui qui est resté le plus présent dans ma mémoire, c'est un rouquin de mon âge, raide et touchant dans son costume noir, qui avait perdu son père sur le front russe. Je le revois se lever en claquant des talons, et clamer dans ma direction :

— Comte Ulrich von Lierenbad-Wiesdorff, 135, botaniste et chimiste. Je travaille sur l'intelligence des plantes, et les moyens de communication qu'elles emploient.

C'était le neveu de Gert. Ému par la dignité introvertie de l'orphelin de guerre, il avait demandé à Ilsa de le tester. Si le petit comte en herbe n'était pas le mieux noté, c'était le moins égocentrique, et il tirait de son rapport à la nature des perspectives et des applications renversantes. C'est celui qui me ressemblait le plus. Il parlait des arbres comme je parlais des veaux. Il mesurait avec un galvanomètre la différence de réaction des peupliers, quand il leur racontait une histoire douce ou violente. Il étudiait la manière dont les feuilles, lorsqu'elles étaient attaquées par des chenilles, modifiaient leur composition chimique pour se rendre toxiques. Et il faisait pousser des tomates sans eau dans une serre, grâce à un phonographe qui leur diffusait des valses de Strauss. Pour chaque variété de fruits et légumes, il comptait mettre au point un engrais musical qui doperait le rendement agricole du IIIe Reich.

Il s'est suicidé le 14 juin 1942 en avalant une infusion de datura *sanguinea,* après l'échec de l'attentat que son oncle avait fomenté pour tuer Hitler. Il pensait que les SS allaient venir l'exécuter en représailles, et il avait pris les devants.

Ça n'empêcha pas Grübblick d'appliquer ce qu'on appelle aujourd'hui le principe de précaution. De peur que le Führer s'imagine que Gert avait fait de l'école d'Helm un nid de futurs putschistes, il ordonna de fusiller les dresseurs, les professeurs, les domestiques et les enfants. Moi, j'avais déjà quitté le pays. Les seuls rescapés du peloton d'exécution furent les chiens, transférés à la *Tiersprechschule*, une école linguistique pour animaux dans la région d'Hanovre, et Ilsa. Grübblick lui avait réservé un châtiment plus « approprié » à sa personnalité et à ses valeurs.

Il l'a envoyée dans un camp de déportés, Marianne, mais pas n'importe lequel. La particularité de Mauthausen, c'est qu'on n'y assassinait pas uniquement au gaz de chambre. Les prisonniers de niveau 3, « ennemis politiques incorrigibles du Reich », on les tuait par le travail. Le travail le plus abrutissant qui soit, le travail qui détruit le corps en supprimant la pensée, le travail qui vous transforme en bête.

Ilsa a résisté. Elle a survécu aux mines de fer, aux carrières de granit. Mais lorsque les Américains ont libéré le camp, en 1945, ils l'ont arrêtée tout de suite. Grübblick venait de se livrer aux Alliés, en lui imputant le massacre des enfants d'Helm.

*

Vous ignoriez cet épisode. Vous ne l'imaginiez pas en victime des nazis. Bien sûr que c'est la vérité ! Il suffit de consulter les registres de Mauthausen. À peine remise sur pied, elle a été transférée en France pour interrogatoire au QG du général Eisenhower. Le Trianon-Palace, oui. Vous saviez ? Moi, je ne l'ai appris qu'en 1969, en lisant les Mémoires que Speer a publiés à sa sortie de prison. Avec eux, dans les geôles de Versailles, il y avait tout le gratin de la science nazie. Des constructeurs d'avions, des concepteurs de fusées, les meilleurs experts en technologie militaire et manipulation mentale… Leurs interrogatoires étaient menés par des ingénieurs et des psychologues. En gros, il s'agissait de les traire avant de les envoyer à l'abattoir. Votre mère est née à Versailles, c'est ça ?

Vous devez avoir une photo d'elle, je suppose… Merci. C'est curieux, comme ça peut sauter une génération. Je l'aurais croisée dans la rue, je ne me serais pas retourné. Ce n'est pas une critique ; disons qu'elle avait une autre forme de beauté. La dureté des victimes. La froideur légitime. Il faut comprendre.

Son géniteur ? Vous avez de ces mots. Je ne sais pas, Marianne. Les Mémoires de Speer ne font que mentionner la présence d'Ilsa, rescapée de Mauthausen, dans une prison voisine de la sienne. J'ignorais tout le reste – a fortiori qu'elle était enceinte. Vu la date, ça doit être un compagnon de déportation. Ou alors un gardien, un soldat… Je peux vous affirmer une seule chose : ce n'est pas moi. La dernière fois que je l'ai vue, c'était le 26 mai 1942, quand elle m'a fait sortir d'Allemagne. Non, je ne me défends pas : je précise. Parce que… j'aurais aimé, voilà. C'est dit. On ne va pas réécrire le destin.

Quoi qu'il en soit, je comprends sa décision. Quel autre choix avait-elle que de faire adopter le bébé ? L'avortement ? En 1945, dans une prison militaire sous juridiction américaine ? Replacez-vous dans le contexte, Marianne. Elle était accusée de crime de guerre, elle n'avait aucun moyen de prouver son innocence face aux témoignages croisés du colonel Grüblick et du maréchal Göring. Elle était quasi sûre d'être condamnée à mort en même temps qu'eux…

C'étaient des civils ? Des gens de Versailles ? Ah. C'est beau. Comme quoi, parmi les Français, il n'y avait pas que d'anciens collabos ou des obsédés de l'épuration. Toutain, vous dites… Ils étaient parents avec le calva ? Non. Pour rien, comme ça. J'ai accompagné deux ans de suite ma femme à Deauville, au Festival du film américain. Souvenir ému d'un très vieux calvados avec Sydney Pollack, au Bar du Soleil… Pardon. Je m'égare, mais c'est l'émotion. Les Toutain lui ont dit qui était sa mère, donc, et dans quelles circonstances elle avait vu le jour…

Je ne comprends pas. Pourquoi a-t-elle réagi comme ça ? C'était la volonté d'Ilsa, je suis sûr. Elle avait dû laisser une lettre, fatalement, avant d'être rapatriée en Allemagne. Pour donner ses raisons, sa version, sa vérité… Mettez-vous une minute dans sa tête : elle était innocente ! Elle gardait tout de même l'espoir d'échapper à la peine de mort, d'être libérée un jour pour bonne conduite, voire réhabilitée… La petite avait le droit de connaître ses origines.

Je pense même que les Toutain n'auraient pas dû attendre si longtemps. En tout cas, j'ai du mal à admettre qu'on puisse couper les ponts du jour au lendemain avec ses parents adoptifs, simplement parce qu'ils ont dit la vérité. Qu'est-ce qu'elle leur reprochait ? D'être née en prison et d'en être sortie dans leurs bras ? De posséder les gènes d'une scientifique de haut niveau, après leur en avoir voulu d'être de simples maraîchers qui lui faisaient honte devant ses copines, je vois ça d'ici… Mais où est le problème ? Ils ne l'ont pas crié sur les toits, qu'Ilsa avait travaillé pour les nazis ! Ils lui ont révélé un secret qui lui appartenait, c'est tout : l'existence d'une mère qui était peut-être encore vivante. À elle de la renier, de lui pardonner, de l'oublier ou de rechercher sa trace – c'était son histoire. Son choix, son libre arbitre.

Je vous entends, Marianne. Il vaut mieux rester dans l'ignorance, parfois, peut-être… Quoique. Personne ne peut savoir à votre place ce qui vous fera le plus mal. La vérité ou le non-dit. Et puis tout ça revient au même, avec le temps. Croyez-en ma longue expérience : j'ai connu autant de gens brisés par des parents admirables que par des indignes, des tortionnaires ou des absents. L'essentiel, dans la vie, c'est de garder son cap sans accuser personne. C'est une des choses que m'a apprises Ilsa.

Comment ça, « j'aurais pu faire quelque chose pour elle » ? Bien sûr que je suis intervenu ! Vous pensez que je l'avais oubliée, en Amérique ? Pendant trois ans, je lui ai envoyé des dizaines de lettres codées au château d'Helm – sans retour, évidemment. Je me tuais au travail, seul moyen de souffrir un peu moins de son silence. Dès que j'ai entendu son nom parmi les accusés du procès de Nuremberg, j'ai écrit au procureur Jackson pour témoigner en sa faveur, et Albert a contresigné. J'ai raconté avec tous les détails possibles qui elle était, sa lutte clandestine contre Hitler, la manière dont elle avait sauvé de la mort des dizaines de gamins comme moi…

Albert ? Oui, pardon. Albert Einstein. Je l'ai bien connu, oui. Très bien. Et grâce à elle. Je vous raconterai. La réponse nous est parvenue dix jours plus tard : la prévenue Ilsa Schaffner était portée disparue. Notée « manquante » à la prison de Kranzberg, avant même son transfert à Nuremberg. Aucune autre explication. Le dossier était classé Confidentiel défense.

Que vous dire d'autre ? Albert m'a expliqué : « manquante » pouvait signifier tout et son contraire. Lynchage à l'intérieur de la prison, suicide par défaut de surveillance ou par raison d'État, échange de prisonniers avec les Russes – ou même négociation secrète entre le procureur et elle : liberté clandestine sous une nouvelle identité, moyennant des renseignements qui permettraient de retrouver les chefs nazis en fuite. Combien d'Ilsa Schaffner n'aurait-on pas données, à l'époque, pour un Bormann, un Eichmann ou un Mengele… Je n'ai toujours pas la réponse, Marianne. Elle ne m'a jamais adressé le moindre signe de vie. Je comptais sur vous.

Dites-moi, au fait… Je repense au tract, à la photo qu'on a envoyée sur votre portable. Votre mère s'appelait Toutain, elle a épousé un monsieur Le Bret… Comment vos producteurs d'algues vertes ont-ils pu faire le lien entre Ilsa Schaffner et vous ? Il y a la ressemblance, je veux bien, mais on ne tombe pas dessus par hasard…

Pardon, je ne voulais pas être indiscret. Encore un peu de vin ? J'en déduis que c'est dans la famille de votre père, après le divorce, qu'on a éventé le secret… Ils sont dans l'agriculture, c'est ça ? Ils se sentent visés quand vous incriminez les nitrates.

Ne soyez pas gênée devant moi, Marianne. Les familles, je connais. Rappelez-vous d'où je viens.

Je préfère m'arrêter là, il y a un peu de dépôt. On reste sur le même ? J'insiste. Et ne me répondez pas : « Une demie, alors. » C'est drôle, vous savez, tous les survivants avec qui j'ai partagé un repas, qu'ils soient riches ou démunis, rescapés d'un camp, d'un tsunami, d'un coma dépassé ou d'une prise d'otages, ont ceci en commun avec moi : vous ne leur ferez jamais commander une demi-bouteille. Nous aimons mieux laisser. Faire le bonheur de quelqu'un. Ou emporter chez nous.

Dieselbe, bitte. Wirklich ? Sehr gut. Ironie du sort, Marianne : ils ne l'ont plus qu'en magnum.

Vraiment, vous y tenez ? Non, ça ne me gêne pas. Au contraire. Pour moi, c'est la période charnière et, malgré le contexte et la manière tragique dont elle s'est achevée, ça reste un souvenir de bonheur. Ça l'est redevenu, du moins, avec le temps. La mémoire est un filtre étonnant, vous savez, qui dépend tellement de notre nature… D'accord, retournons à Helm. Revenons en 1941, ce jour de janvier où j'ai passé mon examen d'entrée dans la salle du goûter.

Les trente-cinq enfants m'observent autour de l'immense table où les domestiques en livrée ont servi le chocolat chaud et le cognac pour les grands. Un seul n'a pas encore pris la parole. Selon l'usage, l'élève qui se présente en dernier, c'est celui qui a obtenu le plus haut niveau à la précédente évaluation. « L'employé du mois », comme on dit chez McDo. Entre parenthèses, c'est celui qui, de prime abord, m'a paru le plus abruti. Antipathique, méprisant, bouffi de suffisance. Hermann Göring, sur la photo qu'on vous a envoyée : enlevez cinquante kilos et cinquante centimètres, vous obtiendrez Aloïs Molheim. Groupie du maréchal jusqu'à vouloir être son sosie miniature, il prend la pose devant son portrait officiel comme s'il se regardait dans un miroir. Il engraisse à vue d'œil, porte des uniformes d'opérette, et se pavane autour de l'étang en paniquant les cygnes à coups de lance-pierres avec des mines de grand veneur.

Pour l'heure, du haut de ses quinze ans, il me toise comme le ferait un vieux cerf en face du jeune daguet osant le défier pour lui prendre ses biches.

— Je suis Aloïs Molheim, 162, calculateur prodige.

Sa voix grasseyante n'a pas fini de jouer avec l'écho de la salle que le colonel Grübblick, brusquement sorti de sa torpeur cognaquée, lui lance en pointant l'index :

— 104 913 multiplié par 879 !

Et ses coups de langue ponctuent le défilé des secondes.

— Quatre-vingt-douze millions deux cent dix-huit mille cinq cent vingt-sept ! glapit le mini-maréchal au cinquième clappement.

La tablée applaudit, sans se donner la peine de vérifier. Je suis atterré. Si c'est ça, le summum de l'intelligence, j'ai bien fait d'être con.

— Et quelle est ta direction de recherche, Aloïs ? se rengorge le colonel.

— Moi-même ! répond l'obèse précoce en toute simplicité. Je serai le plus grand calculateur prodige que la Terre ait connu, et je gagnerai toutes les compétitions du monde pour la gloire du Reich !

— *Heil Hitler !* conclut le SS qui boit du petit-lait, avant de me jeter du bout des lèvres : Prends-en de la graine ! Alors, quel est ton objectif, toi, le nouveau ? Faire fortune sur le dos des autres, en bon juif ?

Tous les regards sont revenus vers moi. Ilsa ouvre la bouche pour répondre en mon nom, justifier mon silence par l'état de choc, mais je la devance. Je lui désobéis. C'est plus fort que moi. J'ai besoin – comment dire ? L'ami dont je suis la mémoire a besoin de marquer son territoire, là, tout de suite, de s'inscrire dans ce décor, de prendre langue avec ces petits génies déboussolés qui lui ressemblent. J'avale ma salive et, pour la première fois, je me donne à voix haute le nom sous lequel je vais vivre désormais :

— Bonjour, je m'appelle David Rosfeld, 180. En travaillant avec ma mère pour casser le noyau de l'atome, je me suis dit : Comment ça se fait que la matière a une masse ?

Un silence profond se creuse autour de moi. Seul le colonel Grübblick fait du bruit avec sa bouche en mangeant une brioche. Je ne sais pas si ses mâchouillis en sont la cause, mais soudain je me trouve à court de mots. Impossible de poursuivre, impossible de me rappeler. Il n'y a plus qu'un grand froid dans ma tête. Comme gelée par l'indifférence bruyante du SS qui a planifié sa mort, la voix de David s'est tue.

Dans le regard d'Ilsa, le désaveu et l'angoisse se transforment en encouragement. Puis en supplique. Elle risque sa tête. Mais surtout, je le ressens au plus profond de mon cœur, elle a *peur pour moi*.

— Qu'est-ce qu'il raconte ? s'informe le colonel en prenant une autre brioche.

— Il se demande pourquoi il ne passe pas à travers sa chaise, traduit d'un air goguenard le Göring bonsaï.

— Il est en état de choc, s'empresse de préciser Ilsa, avec une œillade éloquente pour rappeler à l'installateur de chambre à gaz l'origine de mon traumatisme.

— Il ferait mieux de justifier sa survie, comme vous tous, d'ailleurs, réplique Grübblick à la cantonade. Le Führer attend de vous des résultats, pas des parlottes ! Vous savez combien coûte ce programme éducatif ? À part Aloïs qui sait calculer à main nue la trajectoire d'un obus et le rapport blindage / vitesse d'un char, à quoi vous servez, les autres, dans l'effort de guerre ? On n'en est plus aux grenouilles, au cosmos, aux tomates mélomanes ! Les chiens d'à côté, eux, au moins, ils progressent ! Ils apprennent à détecter et détruire les ennemis du Reich !

Je surprends entre Ilsa et son ami Gert un regard tendu dont je n'ai pas les sous-titres, bien sûr, à l'époque. Sachant que les subventions démesurées de l'Institut ne doivent leur raison d'être qu'à la passion d'Hitler pour les soldats canins, ils bidouillent les résultats quand ils ne sont pas à la hauteur de leurs promesses. Combien de temps parviendront-ils à maquiller l'intelligence animale pour financer la survie d'une poignée d'enfants précoces ?

— Vous n'êtes pas en vacances, ici, vous êtes en sursis ! poursuit l'hystérique à brioche. Finies les bouches inutiles ! Pendant que vous vous gobergez aux frais du Reich, sachez que des centaines d'improductifs ont été éliminés ce matin, le petit nouveau est bien placé pour vous en parler !

Des couinements, des borborygmes et des sanglots contenus font écho à ses vociférations. L'équilibre nerveux des élèves paraît d'une grande fragilité. Seul le calculateur prodige fayotte en opinant d'un air martial. C'est là qu'intervient Gert von Lierenbad. De par son rang dans les services secrets de l'Abwehr, il est le seul à pouvoir répondre au colonel SS.

— Votre sens de la pédagogie n'est plus à démontrer, Hans, mais notre bien-aimé Führer sait que les enfants comme les chiens n'obéissent pas aux mêmes stimuli que les militaires. La joie de faire plaisir à son maître est la clé de tout apprentissage *productif*.

— Eh bien qu'ils me fassent plaisir, mais vite ! coupe l'autre en se levant d'un bond. Le Führer attend mon appel pour que je lui confirme en personne les excellents résultats de l'opération « Bouches inutiles ». À bon entendeur !

Sur le seuil de la salle, il se retourne vers moi en pointant son index :

— Toi, je vais te dire pourquoi tu es là ! Pour donner la bombe atomique au Führer ! Si ton travail est probant, comme s'y est engagée le Dr Schaffner, il sera transmis à Berlin, sinon tu retourneras d'où tu viens !

Je vois Ilsa fermer les yeux un instant, et l'émotion que je ressens chez elle combat, avec une force incroyable, l'image aussitôt jaillie de la dernière phrase du SS.

Dès qu'il a quitté la pièce, l'air redevient respirable. Les mots reviennent dans ma tête, et je peux transmettre à mes condisciples, à ces surdoués authentiques assimilés comme moi à des anormaux en sursis, la théorie que j'ai reçue en héritage :

— Si les atomes ont une masse, c'est qu'il y a une particule invisible qui la leur donne, et c'est ça qui a créé la matière, et c'est ça que je dois découvrir.

Le cœur battant, j'observe l'effet de mes propos. Intérêt, perplexité, méfiance se partagent l'auditoire. Ilsa, elle, me fixe avec une attention incrédule. Elle a l'air profondément troublée. Gert von Lierenbad a tourné vers elle un regard où je crois déceler un sentiment que j'ai souvent remarqué sur le visage du père Bolt, à la ferme, mais que jamais je n'aurais cru pouvoir inspirer à quelqu'un. De la jalousie.

— Et à quoi ça sert, de chercher une particule invisible ? raille le petit goret qui singe l'ogre du Reich. C'est du temps perdu.

— Si une telle particule existe, réplique l'une des jumelles, c'est elle qui a créé le temps, justement, en organisant l'espace. Donc, elle existe.

— C'est compatible avec la Théorie de la Relativité générale, confirme sa sœur.

— Ça expliquerait pourquoi l'ADN fonctionne de la même manière chez toutes les espèces animales, s'enthousiasme le généticien des grenouilles.

— Et chez les arbres en premier, renchérit le disc-jockey des végétaux. J'ai prouvé le mois dernier qu'au moment où la feuille de peuplier modifie sa composition pour empoisonner les chenilles, il y a surproduction de calcium. Comme dans le cerveau humain quand il prend une décision. C'est une piste.

— Ta particule invisible, jubile la petite éleveuse de bactéries tordue en arrière par ses contractions, c'est Dieu !

Comment définir ce qui se passe en moi, Marianne ? Une explosion de joie, une réaction en chaîne... Mon ami de l'asile psychiatrique, je l'ai cru sur parole, parce qu'il était mon ami. Et voilà qu'il reçoit l'aval de la communauté scientifique. Des intelligences aussi développées que la sienne lui donnent raison. Nous ne sommes plus seuls à y croire.

— Comment tu vas l'appeler, ta particule ? s'inquiète le découpeur de batraciens.

— Le boson de Rosfeld.

— Pas mal, concède Aloïs Molheim. Mais tu as intérêt à lui trouver un rôle dans la fission nucléaire, sinon tu vas te faire sacquer. Je veux bien t'aider pour les calculs...

— Méfie-toi, gloussent en chœur les jumelles, ça va devenir le boson de Molheim.

— Fermez-la, sales juives ! hurle soudain l'apprenti Göring en tapant du poing, écarlate.

Brünnhild-Sarah et Sigrun-Sarah baissent le nez dans leur assiette. Spontanément, je dis au petit gros de se calmer : on est juifs en majorité autour de la table, on n'y peut rien, et de toute manière on vient tous de la même particule, alors où est le problème ? Je conclus en prenant le comte Ulrich à témoin :

— Est-ce qu'il y a des juifs chez les arbres ?

Mes paroles provoquent une intense réflexion. Chacun les mesure à l'aune de ses connaissances.

— En tout cas, murmure le petit aristocrate d'un air gêné, ce n'est pas pour ça qu'on les coupe.

— Nous sommes la forêt de Birnam marchant sur Macbeth ! s'écrie soudain la traductrice de Shakespeare.

— Les arbres de Judée cités par Jung ! renchérit une voix qui mue. L'archétype suprême ! David a raison !

C'est là que je me rends compte pour la première fois que, si vous êtes catalogué génial, vous pouvez sortir n'importe quelle ineptie, on lui donnera un sens. Cette prise de conscience brutale me confère un tel sentiment de liberté que j'en oublie mon imposture. Je crois que ç'a été le déclic, Marianne. La force de confiance qui a rendu possible ma formation accélérée. L'empathie constructive qui, en quelques années, aura fait d'un garçon de ferme un docteur en physique nucléaire. Si vous êtes regardé comme un crétin, vous le resterez. Si l'on vous prête de l'intelligence, vous la rendrez au centuple.

— Maintenant, il doit aller se reposer, décide Ilsa.

Je me lève en même temps qu'elle, et je prends congé de l'assistance avec un salut de la main un peu trop familier, sans doute, mais que je ne peux pas retenir, tellement je suis content, tellement je me sens intégré. Le même geste que j'ai répété, tant d'années, à la porte de l'étable, pour souhaiter bonne nuit au troupeau après lui avoir changé la paille.

*

J'ai suivi ma directrice d'école dans l'escalier monumental, puis dans un dédale de galeries et de couloirs jusqu'à la chambre qu'elle m'avait attribuée, dans une tour isolée. En me regardant découvrir, bouche bée, le lit à baldaquin, l'armoire aux entrelacs d'animaux sculptés et le trône gothique devant une table de monastère pour moi tout seul, elle m'a dit :

— Quand je donne un ordre, tu le respectes. Dorénavant, je ne veux plus t'entendre prononcer un mot. Demain, je t'apporterai des livres. Interdiction de sortir de cette chambre : tu t'enfermes à clé et tu n'ouvres qu'à moi. Si tu as faim, il y a des biscuits dans la table de chevet.

Avant de ressortir, elle s'est immobilisée un instant, la main sur la porte, et m'a glissé sans se retourner, d'une voix plus douce :

— Cela dit, le jour où je t'autoriserai à parler, garde le ton que tu as pris devant les autres. Tu m'as impressionnée. Dors bien.

J'ai dormi quinze heures.

Vous l'entendez à ma voix, et le vin n'y est pour rien. Ce que je vais vous dire est parfaitement choquant, Marianne, à la lumière d'aujourd'hui, pour votre génération comme pour la mienne, quand on évoque l'Allemagne des années 40. Mais c'est ainsi : en dehors des quelques week-ends d'inspection que nous inflige Hans Grübblick, le château d'Helm est pour moi le paradis sur terre. Une arche de Noé où rien ne peut m'atteindre.

Je fais la grasse matinée, je joue avec les chiens, je découvre le plaisir de manger des plats dont j'ignorais l'existence et, surtout, je travaille. Le premier devoir que me donne Ilsa est de recopier sur trois cahiers toutes les notes que le marchand de glaces, comme nous l'appelons désormais entre nous, a prises dans les marges du *Secret des Atomes*. Pour adopter son écriture en oubliant la mienne. Ce n'est pas très difficile : j'ai eu si peu l'occasion de me servir d'une plume, depuis que j'ai quitté ma classe primaire, que je dois pratiquement recommencer de zéro. Réapprendre à écrire.

Je remplis des pages et des pages de formules, d'équations et de conclusions auxquelles je ne comprends rien. Mais elles me deviennent de plus en plus familières, à mesure que je les apprends par cœur en les mettant au propre. Je n'ai plus ensuite qu'à demander à Ilsa ce qu'elles signifient, et le noter en regard. Ce travail de répétition, dans les deux sens du terme, nous prendra un mois et demi.

Durant cette période, elle me maintient en quarantaine. Elle dit que j'ai fait illusion par quelques phrases elliptiques, le temps d'un goûter, mais que la moindre discussion un peu poussée, le moindre échange de vues dévoilerait mes carences et les faiblesses de mon raisonnement. J'ai beau mettre les bouchées doubles, elle ne me juge pas encore au point. Elle me dit que j'ai un appétit d'aigle, mais une envergure de moineau. Ça me donne une rage qui ne fait que stimuler mes facultés d'assimilation. Je veux qu'elle me regarde comme un aigle à part entière. Je veux qu'elle me regarde comme un homme.

Sans le vouloir, je prendrai ma revanche un après-midi, alors qu'elle est partie chercher une nouvelle recrue qu'on lui a signalée dans un asile de Stuttgart : une neurasthénique de seize ans, qui dessine sur les murs et les tables des scènes hallucinantes qui ressemblent trait pour trait à des esquisses de Jérôme Bosch. Profitant de son absence, je sors faire une grande promenade dans le parc et les bois. J'y croise le comte Ulrich en pleine crise de nerfs devant un peuplier déraciné. Plus loin, Brünnhild-Sarah et Sigrun-Sarah se crêpent les couettes à cause d'une planète dont elles se disputent la découverte. Le généticien des batraciens, scalpel en main, menace de disséquer un commis de cuisine qui est venu lui piquer des grenouilles, et Aloïs calcule à haute voix le coefficient de pénétration dans l'air en poussant à toute allure le fauteuil de la petite dystonique qui hurle en rebondissant dans les ornières.

J'essaie de les calmer. Ils se retournent contre moi, me traitent de noms savants que je ne comprends pas. Je renonce à leur faire entendre raison. Voyant que les belles vaches décoratives du pré sont à deux doigts d'exploser, je me faufile sous la clôture et j'entreprends de les traire pour me rendre utile. Les autres me regardent, sidérés. Ils me rejoignent, demandent ce que je fais, veulent que je leur apprenne.

Quand Ilsa revient de Stuttgart, elle trouve les jumelles en train de gérer une laiterie, tandis qu'Aloïs, Ulrich, le champion d'échecs, une égyptologue et un spécialiste de Platon hurlent de rire en essayant de faire comme moi du rodéo sur un veau. Assis dans l'herbe, les trente autres les acclament et parient sur celui qui tombera en dernier. C'est moi, pour la dixième manche de suite. Ilsa n'en croit pas ses yeux.

— Il sait tout faire, lui dit Gert en m'applaudissant, au premier rang du public. Il a vraiment quelque chose de plus que les autres.

— Pour un surdoué, admet le colonel Grübblick, c'est sûr qu'il est curieusement normal. Où en est-il, avec la bombe ?

— Il affine le calcul de la masse critique, s'empresse-t-elle de lui répondre, sachant que le SS décroche dès qu'on entre dans les détails techniques.

En me raccompagnant à ma chambre, elle me passe un savon, puis reconnaît sans transition que le meilleur moyen de cacher son infériorité, c'est en effet de s'imposer comme dominant. Dès lors, elle m'accorde le droit de libre circulation. Devenu le chef de meute parce que je divertis mes semblables, je n'ai plus à m'en faire : leur désir de me complaire m'évite de redouter leur jugement. Mieux, ils me demandent mon avis sur leurs travaux. Ils me confient leurs angoisses et leurs doutes. Je m'applique à les rassurer, à les encourager avec une indulgence qu'on ne leur a jamais témoignée. Toujours dispos, j'accepte sans rechigner de sortir de ma spécialité pour m'intéresser aux leurs. Je distribue des avis et des conseils qui commencent par : «Je dis n'importe quoi, mais...» Histoire de remettre en cause les postulats et les modèles qui les sclérosent. «Je dis n'importe quoi, mais si tu prenais le problème à l'envers ?» Je leur ouvre des horizons.

En quelques jours, je suis devenu si populaire qu'ils ne me tiennent plus rigueur de les surpasser intellectuellement. Au contraire, ils sont touchés des efforts que je déploie pour me mettre à leur portée. Au-delà du QI de 180, ils ont découvert un copain. Bref, je leur fais du bien et, par voie de conséquence, j'améliore le rendement de leur cerveau. Résultat, je ne touche plus terre, et Ilsa rencontre même certaines difficultés à me convaincre, je l'avoue, que le génie universel dont on me crédite n'est encore rien d'autre qu'un malentendu social.

*

Mon premier titre de gloire, je l'obtiendrai auprès de Kurt, en juillet 41. Son obsession des batraciens répond à une question fondamentale, au cœur de son programme de recherche : pourquoi le têtard, lorsqu'on lui coupe une patte, la fait-il repousser, alors que la grenouille devenue adulte « oublie » cette faculté génétique et se contente de cicatriser ? À quel stade de sa croissance perd-elle son pouvoir de régénération ? Au moment où naissent la conscience de soi, le doute, la peur de mourir ? C'est la théorie de Kurt, qui s'échine à charcuter du matin au soir des sujets d'âges variés, moyennant quoi les rives du lac sont peuplées de rainettes à une patte qui sautent de travers en se cognant.

Je n'oublierai jamais comment, dans un réflexe de bon sens paysan, je lui ai fourni un lundi après-midi ce qu'Ilsa qualifiera de « protocole scientifique inattaquable » – le premier vrai compliment sorti de sa bouche. Pendant que, sur la paillasse de son labo, Kurt observe sans illusions le moignon d'un crapaud ligoté qu'il vient d'amputer, je me rappelle soudain le jour où je me suis blessé en tombant dans le saloir des viandes séchées, à la ferme Bolt. Impossible d'arrêter le saignement. Je m'entends lui conseiller :

— Mets du sel sur la plaie, pour l'empêcher de cicatriser. Comme ça tu verras s'il meurt ou s'il fait repousser sa patte.

Chaque fois, l'expérience réussira, l'instinct de survie obligeant le batracien à déverrouiller en catastrophe ses gènes de reconstruction cellulaire. Découverte qui, promet Ilsa, nous vaudra un prix Nobel commun dès notre majorité.

— Voilà le type de collaboration qui doit s'instaurer entre vous tous, conclut-elle en séance plénière. Maintenant, c'est à Kurt de faire profiter David des lumières qu'il possède peut-être, sans le savoir, dans le domaine des particules subatomiques.

L'idée maîtresse de votre grand-mère, Marianne, c'est la solidarité complémentaire entre les chercheurs de chaque discipline. Son rêve, c'est de reconstituer avec des enfants et des adolescents le modèle de Göttingen, l'université mythique où, à la fin du XIXe siècle, toutes les découvertes scientifiques majeures sont nées d'un seul et même principe philosophique – celui qui, selon Leibniz, a créé l'univers : *l'harmonie préétablie*. Le fondement de ce que nous appelons aujourd'hui le Big-Bang. Cette fraction de seconde où *quelque chose* va structurer les atomes.

Pour ce faire, Ilsa nous amène à lancer des passerelles incessantes entre nos différents domaines de recherche, où partout se vérifient les intuitions de Pythagore, Galilée, Euler, Planck : la matière est née de constantes mathématiques. Au commencement étaient les nombres, Marianne, auxquels le Verbe a donné forme. Mais ce Verbe, est-ce « l'atome primitif » défini en 1931 par Georges Lemaître, qui aurait donné naissance en se désintégrant à toutes les composantes du cosmos ? Ou est-ce une nanoparticule génératrice de masse : mon fameux boson ?

Le mathématicien athée William Clifford, en 1878, affirmait déjà : « L'Univers est entièrement fait de substance mentale » – la devise est inscrite au fronton de notre école. Reste à découvrir l'origine et le sens de cette substance. C'est la mission que nous confie Ilsa.

*

Dans ce climat d'émulation flatteuse, mes lacunes se comblent à la vitesse de la lumière. Je ne vous dirai pas qu'en deux mois, j'atteins le niveau d'un expert de l'atome, mais enfin je me débrouille. Et les connexions amicales que je crée avec les maths, la botanique, la philosophie, la génétique, l'astronomie donnent des prolongements et des justifications inattendus aux travaux de Yael Rosfeld.

Régnant sur une cour de surdoués qui se mettent en quatre pour que leur science confirme les théories dont je suis dépositaire, je me sens devenir le roi du monde. J'apprends même la modestie. Pour achever de désamorcer la jalousie d'Aloïs Molheim, je lui explique qu'avec une mère comme la mienne, je n'ai aucun mérite par rapport à lui, qui est fils de charbonnier.

Il en a les larmes aux yeux. Il en oublie l'ego revanchard dans lequel jusqu'alors il se claquemure. Il en oublie l'image de père idéal qu'il a projetée sur Göring, et il cesse d'imiter la personnalité du plus grand mégalo qui ait prospéré dans le fumier du nazisme. Pendant les dix-sept mois que je passe à Helm, je contribuerai, grâce au facteur humain, à transformer un calculateur de foire en mathématicien de génie.

Il faut dire que la pédagogie et la sensualité de votre grand-mère ont développé de manière spectaculaire mes ressources naturelles : la joie de faire plaisir, la faculté d'adaptation et le recours à l'imaginaire. Sa méthode est la même pour chacun de ses élèves, et elle tient dans une phrase. La question qu'elle pose d'emblée, en cours particulier comme en atelier de travaux pratiques :

— Qu'avez-vous à m'apprendre aujourd'hui ?

Rien ne peut m'exciter davantage. Dans les ouvrages qu'elle me fait lire, je commence par lui pointer ce qui ne me paraît pas clair. Elle me dit que j'ai raison, et prononce le sésame-ouvre-toi de la culture scientifique : « Ce qui se conçoit bien s'énonce clairement. » Pour elle, la clarté est le maître mot, le premier critère de valeur. Elle me donne sans cesse en exemple le génie d'Einstein : ses conclusions sont toujours claires et ses calculs souvent faux, ce qui le distingue de la plupart des chercheurs dont la rigueur alimente l'hermétisme. En fait, il trouve d'abord, et il cherche après. Il a l'intuition de la théorie, il en déduit le résultat, puis il en développe les conséquences jusqu'à les rendre limpides – et par là même incontournables. Alors il revient en arrière pour étayer sa découverte par les calculs nécessaires à la démonstration, mais à ses yeux c'est du temps perdu ; il est déjà ailleurs, *en avant*, et donc il commet des erreurs de distraction.

Elle ajoute qu'il a parlé très tard, comme moi, qu'il n'était en phase qu'avec les animaux et que ses parents le prenaient pour un demeuré. Ces paroles me galvanisent, légitiment la vocation que j'ai reçue en héritage. Et quand Ilsa me révèle qu'elle a été son élève, qu'elle était complètement amoureuse de lui et que son exil aux États-Unis l'a rendue inconsolable, ma décision est prise. Je serai le nouvel Einstein ou rien. *Son* nouvel Einstein. Je le lui dis. Elle sourit. Elle a cette réponse étrange :

— Commence par apprendre le violon et la voile.

Ce qu'elle inscrit sans plus tarder dans mon emploi du temps. En quelques semaines, je deviens aussi piètre marin que mauvais musicien. Elle m'assure que ça n'a rien de grave : l'important n'est pas de briller dans un passe-temps, mais d'y puiser l'inspiration et le recul sur son travail, comme le fait Einstein. De naufrages en fausses notes, je m'y emploie avec délectation.

Mais elle ne veut pas que je me cantonne à un seul maître. Elle me fait découvrir Copernic, Leibniz, bien sûr, Newton, Poincaré, Max Planck, Marie Curie, Georges Lemaître... Tous ceux qui l'ont influencée et qui ont marqué celle qu'à présent, très naturellement, elle appelle « ta mère ». Elle m'apprend l'anglais, pour élargir mon champ d'investigation. D'un auteur à l'autre, je commence à faire des recoupements, des synthèses, des critiques. Je relève certains copiages. Je souligne en rouge des contradictions. Je *prends le pouvoir*, en fait. Elle me confère le statut d'un examinateur, ce qui m'apprend à distinguer l'hermétique du complexe, l'irrationnel de l'inconnu, l'arbitraire de l'intuitif – bref, le faux du vrai. La vérité scientifique, pour elle, c'est ce qui permet d'ouvrir un terrain de recherche, d'augmenter le champ des possibles. C'est toujours le maillon d'une chaîne, et jamais un fermoir. Elle m'apprend que les questions sont plus importantes que les réponses, lesquelles n'ont de sens que si elles engendrent de nouvelles questions. Quel que soit le traité qu'elle me donne à étudier, elle ne me demande pas d'en faire le résumé, elle me dit :

— Raconte-moi l'histoire.

À ses yeux, si une théorie ne raconte pas une histoire, si elle ne repousse pas les limites de la réalité commune, si elle ne fait pas rêver, elle ne sert à rien. C'est ainsi qu'elle m'entraîne dans toutes les aventures de l'imaginaire scientifique, et je m'y sens chez moi. Surtout quand elle me fait des confidences du genre :

— Suivant la façon dont tu observes la lumière, tu la rends ondulatoire ou corpusculaire.

C'est bien là mon problème. Si je développe un tel appétit d'apprendre et de partager le savoir, c'est qu'Ilsa illumine ma vie. Je la désire de tout mon être, et la connaissance est le seul terrain où je peux espérer la séduire. Le jour. Car ce qui sous-tend pour moi cette formidable période d'apprentissage, ce sont les nuits. Ces moments où, sous mon regard, l'ondulatoire devient corpusculaire.

Dès les premières semaines, j'ai été réveillé par des bruits. Des soupirs, des cris étouffés en provenance du plancher. D'abord, j'ai cru que c'étaient les douches d'Hadamar, mon cauchemar récurrent. J'ai ouvert les yeux. Je me suis levé, j'ai cherché d'où venait cette rumeur de lamentation et de torture. J'ai fini par en découvrir l'origine au premier étage, dans l'aile jouxtant ma tour.

Juste après la salle de musique se trouvait une épaisse porte en ogive. Avant même de glisser un regard dans le trou de la serrure, je savais à quoi m'en tenir. Je venais d'identifier le seul son auquel j'associais jusqu'alors la copulation chez les humains : le choc régulier du montant de lit contre le mur. Le bruit que faisaient les parents Bolt, à la ferme, le samedi soir. Mais je n'avais jamais songé à espionner leurs saillies.

Tout ce que je connaissais de l'amour, à l'époque, c'était le sexe du taureau que mes frères, le jour de mes treize ans, m'avaient contraint à guider dans celui de la vache – rituel initiatique de nos campagnes. Là, évidemment, c'était un tout autre spectacle.

Le lendemain matin, j'avais un lumbago. Aussi, la nuit suivante, je suis allé prendre le tabouret du piano. Assis à hauteur de serrure, je me régalais des quelques postures qui faisaient entrer Ilsa dans mon champ de vision. Notamment celles où, placé en dessous, Gert s'abstenait de la cacher. Oserais-je vous l'avouer, Marianne ? Dans la journée, il m'arrivait d'aller déplacer leur lit en douce pour qu'il soit mieux dans l'axe. J'eus même recours, par la suite, à la psyché placée entre les deux fenêtres : il était plus discret de changer l'orientation du miroir que d'installer le lit au milieu de la pièce.

Je ne vous choque pas trop ? Je vous sens assez pudique. Si, si, vous avez serré les genoux et rajouté quinze centimètres de distance entre nous. Mais si vous voulez connaître vraiment votre grand-mère, je ne peux pas faire l'impasse sur sa sensualité, indissociable de son intelligence et de son éthique. Simplement, je vais regarder ailleurs, vous avez raison. Ce n'est pas votre faute, mais vous lui ressemblez trop physiquement pour ne pas réactualiser ces souvenirs d'une manière, je le crains, aussi inconfortable pour moi que dérangeante pour vous.

Désolé si je vous parais cru : l'hypocrisie est le seul défaut qui ne me procure aucun plaisir. J'aime les femmes, Marianne, depuis votre aïeule et grâce à elle. Même si je ne fais plus l'amour qu'en rêve depuis

Noël dernier, ça ne change rien à la perception que j'ai d'elles. L'usage est différent, l'émotion reste la même. Vous savez, aux abords de la quarantaine, il m'est arrivé, suite à une erreur médicale, de devoir arrêter de boire durant plusieurs mois : je n'avais pas pour autant renoncé aux grands crus. Je fais de même avec les femmes, aujourd'hui. Je les regarde tourner devant mes yeux, je les mire, j'évalue leur densité, j'exalte leurs arômes, je les hume… Puis j'offre mon verre et je me réjouis pour celui qui consomme à ma place.

Pourquoi Noël ? Disons que j'ai marqué le coup. Non, ça n'a rien à voir avec les bonnes résolutions du réveillon. Je n'ai pas non plus sauté la factrice en guise d'étrennes, je vous rassure. J'ai acheté un sapin, comme je faisais chaque année pour ma femme qui était catholique, et je me suis retrouvé seul. Pour la première fois, le soir du 24 décembre. J'ai feuilleté le vieux répertoire de mon agenda, peuplé d'une écrasante majorité de noms rayés – privilège de l'âge. Qui appeler un soir pareil, quand on n'a pas de famille ? Qui appeler, à part un autre raseur esseulé ou une pute ? Je n'avais plus les moyens.

J'ai jeté ma boîte de Viagra, j'ai bu mon dernier château-yquem et j'ai décidé de fermer boutique. Mais joyeusement. J'avais tenu mes promesses d'enfant : j'avais vécu pour deux, et j'avais évité à mon pays natal la pire des catastrophes – je vous raconterai. J'avais été utile et heureux, comme me l'avait demandé l'ami qui avait remis sa vie entre mes mains. Mon petit juge intérieur. Il n'était pas trop mécontent de moi. J'avais tiré profit de mes souffrances, aidé quelques grands hommes à surmonter les petitesses de leurs ennemis. J'avais donné du plaisir et j'en avais éprouvé plus que de raison. Qu'ajouter d'autre à mon bilan ?

Tout ce qui me retenait encore sur Terre, c'était la libido et le vin. Mais se priver ne suffit pas à provoquer une mort rapide, comme je le croyais dans ma candeur. Du coup, j'ai repris mes joggings. Le cœur allait bien finir par lâcher. Eh non. Là-dessus, il y a eu l'alerte info sur mon MacBook…

Où en étais-je ? Ce vin m'embrume un peu. Ah oui. Je vous ramène dans la chambre d'Ilsa. En détournant les yeux vers mon assiette, voilà, regardez si je ne suis pas d'une correction parfaite.

Marianne… Pardon d'être un peu solennel, mais les seins de votre grand-mère faisaient mentir les lois de la gravitation. Et je ne serais pas surpris, autant qu'on puisse en juger sous votre cotte de mailles, que ce soit héréditaire. Même si l'anorexie contrarie un peu les gènes. Voilà, c'est dit : je n'y reviendrai plus. Que la seule ambiguïté entre nous, voulez-vous, soit celle dont Ilsa a usé avec moi dans un souci de pédagogie. Ne levez pas les yeux au ciel, je suis sérieux. Vous verrez.

La fin de l'hiver 41, donc… Mes journées si scolaires et mes nuits si torrides – ceci expliquant cela. Je suis devenu intelligent par le sexe, Marianne. La première équation que j'aie su résoudre : une équation à plusieurs inconnues. L'ennemie et la bienfaitrice. L'enseignante inaccessible avec qui je passais des heures de promiscuité studieuse et l'amante espionnée dont j'apprenais, sur mon tabouret de piano, à déclencher le plaisir par procuration… Comment ai-je pu réussir la synthèse ? Par un savant mélange de naturel et de rouerie. Le sien.

Une nuit, quand j'ai plaqué mon œil contre le trou de la serrure, je suis tombé sur une clé. Fin des visions nocturnes. Dorénavant, je suis resté dans mon lit, et le tabouret devant le piano. Avait-elle perçu ma présence derrière sa porte ? J'étais bien incapable de le dire. Pour la tester, je lui ai demandé d'un ton de repentance si je pouvais déménager.

— Pourquoi ?

— C'est trop grand pour moi, ces chambres. Ça fait Belle au Bois Dormant. Je travaillerais mieux dans la cabane près du lac.

Sans le moindre commentaire, elle a fait aménager la remise à outils. Un poêle à bois, un lit, une table, des livres, deux chaises : j'habitais désormais ce que j'appelais pompeusement « mon laboratoire » – un peu comme si je prolongeais mon enfance rêvée avec Yael Rosfeld dans le chalet des glaces. Et, en même temps, j'avais une maison à moi : j'étais devenu un homme. Je prenais mes cours à domicile. Je recevais une femme.

C'est là qu'elle m'a fait, le soir de mon installation, le plus beau cadeau qui soit pour une pendaison de crémaillère. Un passeport au nom de Rosfeld David, avec la lettre J tamponnée en rouge au-dessus de ma photo. Je lui ai sauté au cou. Devenir officiellement juif pour sauver sa peau dans l'Allemagne nazie, c'était plutôt paradoxal, mais sur l'instant je n'y ai vu qu'un merveilleux prétexte pour me presser contre ses seins en témoignage de gratitude.

— Advienne que pourra, a-t-elle soupiré en me détachant d'elle pour me remettre au travail.

Jamais elle ne m'a donné l'impression qu'elle percevait, derrière l'élève absorbé, l'adolescent en rut. Une seule fois, en se penchant pour ramasser son stylo, assise dans la cabane à mes côtés au-dessus de l'équation de Schrödinger, elle a incidemment effleuré mon sexe avec le haut de son bras. Elle n'a montré aucune réaction particulière. Pas plus de gêne que si elle m'avait heurté le genou. Aucun recul, aucun reproche. Juste un « pardon » très neutre et un sourire anodin, comme si mon érection était parfaitement normale, sans conséquence ni contre-indication.

Et on s'est replongés dans l'épineux problème du chat d'Erwin Schrödinger, cette pauvre bête enfermée dans une pièce avec un marteau qui, suspendu au-dessus d'un flacon de cyanure, a une chance sur deux de le briser – moyennant quoi, selon les lois de la mécanique quantique, le chat est à la fois mort et vivant tant qu'on n'a pas ouvert la porte. L'indifférence polie avec laquelle Ilsa accueillait l'effet qu'elle produisait sur moi n'a fait, je l'avoue, que me conforter dans la légitimité de ma double passion. Double, oui. Comment vous dire ? L'excitation était devenue chez moi inséparable de la connaissance. Le mot « intelligence », après tout, que ce soit en allemand, en anglais ou en français, ne vient-il pas du verbe latin signifiant « relier les choses entre elles » ? Quand je lui ai rapporté cette étymologie que j'avais trouvée tout seul dans le dictionnaire, elle m'a simplement dit, avec un sourire d'évidence :

— Tu vois.

Je voyais, oui. Je commençais à voir comment fonctionne le monde, de l'infiniment petit à l'infiniment grand en partant de l'infiniment désirable. Il ne me restait plus qu'à passer, avec Ilsa, de l'observation à la pratique. C'était du domaine du rêve, c'est-à-dire du possible, à l'en croire, puisque la mécanique quantique prouvait que la réalité dépend de notre conscience et de nos intentions. Je retenais la leçon. Je ne doutais de rien. Je me disais : Je serai prix Nobel, et je serai son amant. Pas forcément dans cet ordre.

Je ne fus ni l'un ni l'autre. Mais j'eus des compensations. J'eus l'avant-goût et l'arrière-plan. La promesse de son corps, et la satisfaction de voir mes employeurs récompensés pour mes travaux. Être seul à savoir ce qu'on aurait mérité et n'en retirer qu'une ironie paisible est, au bout du compte, le meilleur des remèdes anti-âge. Les honneurs vous encombrent de profiteurs jaloux, et les souvenirs trop parfaits vous empêchent d'avancer. Ilsa a fait mieux que de se donner à moi : elle s'est projetée dans l'avenir qu'elle m'offrait.

— On se retrouvera un jour, après la guerre…

Les derniers mots qu'elle m'ait dits. C'était le 26 mai 1942, devant la voiture de son amant qui allait m'emporter vers une autre vie. Mais cette promesse a été sa plus grande réussite. Mon moteur, ma raison d'être, mon enjeu tout au long de mes études et de ma carrière à Princeton. Devenir et demeurer celui qu'elle avait voulu que je sois. Oui, Marianne. Je portais le nom, la mémoire et les rêves d'un frère de rencontre qui s'était sacrifié pour que je vive, mais c'est Ilsa qui avait réalisé son vœu. Comment aurais-je pu l'oublier ? Si je me suis toujours autorisé à aimer d'autres femmes, je n'ai jamais cessé de l'attendre. Puis d'espérer simplement qu'elle était en vie, quelque part, qu'elle avait tiré un trait sur le passé… Je me disais qu'elle était heureuse avec un autre, et que c'était la seule raison de son silence.

Oui ? Je vous en prie. C'est au premier étage, sur votre gauche.

Marianne ! Vous oubliez votre portable. Non, non, bien sûr, ça ne me dérange pas de répondre… si c'est en allemand. Mais on a rendez-vous dans une heure, il n'y a pas de raison que l'hôpital vous appelle. Il ne se passera rien avant qu'on ait vu le chef du service. Je vous sens inquiète. Pardon de vous poser la question, mais… Vous souhaitez toujours qu'ils la débranchent ?

Moi non plus, je ne sais plus où j'en suis. Je commence à me dire que peut-être vous avez raison – enfin, que vous aviez raison tout à l'heure. Je me le dis au moment où vous êtes à deux doigts de changer d'avis, je me trompe ? Après tout, il n'y aurait qu'un formulaire à déchirer… Et nous laisserions faire la nature.

Il nous reste du temps pour en reparler, si vous voulez. Je sais, ce n'est pas une décision simple. Et je suis désolé de vous la compliquer encore, mais… Non, Marianne. Nous ne sommes pas les jurés d'un procès. Il ne s'agit pas de décider si elle doit mourir ou non : elle l'a fait à notre place. Mais c'est nous qui devrons vivre avec cette décision. Elle a écrit qu'elle ne voulait pas d'acharnement thérapeutique, certes, mais dans un testament qui, par définition, n'a pas encore été ouvert devant notaire. Rien ne vous *oblige* à le montrer dès aujourd'hui au médecin. Même si votre grand-mère a prononcé la sentence, y a-t-il urgence à l'appliquer ?

Comme vous voudrez. C'est vous l'avocate.

Non, tout va bien. Trois appels, mais ce n'était pas l'hôpital. J'ai donc laissé vibrer. Il n'y a pas de message ? L'écran affichait « Michelin », chaque fois. Comme le guide. *C'est* le guide ? Ah bon. Vous êtes en relation avec un guide gastronomique. Ça ne saute pas aux yeux, quand on regarde votre assiette. C'est le guide en général, ou un critique en particulier ?

Très bien, je n'insiste pas. J'ai ma réponse. Cette légère touche de rouge sur vos joues, et la crispation de vos doigts… C'est votre – comment dites-vous ? – copain, ami, fiancé, compagnon ? « Ex ». Bon.

Sympathique, en tout cas, ce genre de liaison. Je m'imagine très bien. Hôtels de charme, week-ends gourmands, dîners aux chandelles, personnel aux petits soins, vos doigts entremêlés et son autre main sur le bloc-notes…

Pourquoi vous coincez-vous quand je parle de choses qui font plaisir ? Vous semblez si à l'aise lorsque j'évoque les atrocités, le désespoir, la barbarie… C'est le monde dans lequel on vit, d'accord – épargnez-moi ces lieux communs, voulez-vous ? Le bonheur est un contrepoids, Marianne. C'est justement quand tout le reste vous alourdit qu'il devient indispensable.

Vous avez raison, je suis pesant. À mon âge, c'est fatal, on moralise, quel que soit le type de morale. On devient donneur de leçons. On en a tellement reçu… Oubliez ce que je viens de dire, pour l'instant. Vous y repenserez bien assez tôt. Et parlez-moi de lui. S'il vous plaît. Mais si, prenons le temps. Ilsa peut attendre, hélas. Je ne vous ai pas tout raconté, loin de là, mais j'ai envie de vous entendre. De savoir un peu mieux qui vous êtes. De ne plus parler dans le vide. Je sens qu'il est important pour vous, ce garçon. Je suis en train de bouleverser votre vie en modifiant vos repères, je le vois bien ; il est normal que je me sente concerné. Que je veuille savoir où vous en êtes. Il n'y a pas que la vie d'Ilsa qui mérite d'être réhabilitée. La vôtre m'importe aussi. J'ai tort ? Et pourquoi ? Il y a toujours quelque chose à sauver. Dites-moi au moins son prénom.

Ah. Vous avez raison, continuons à l'appeler Michelin. C'est d'origine mauricienne, non ? Ça m'évoque le nom de l'aéroport, Seewoosagur Ramgoolam. J'ai bien connu l'île, dans les années 70, avant qu'elle soit à la mode. L'océan Indien m'ennuie, mais j'aimais beaucoup les Mauriciens. Leur décontraction soigneuse, les petits jardins anglais autour de leurs baraques en planches, l'indifférence paisible dans laquelle leurs religions cohabitaient, à l'époque… Vous le fréquentiez depuis longtemps ? Ah bon. C'est un « ex » précoce. Je suppose que, vu le nombre d'appels sans message, c'est vous qui avez rompu. Mais commençons par le début, je préfère. Comment vous êtes-vous rencontrés ?

L'*Amerigo-Valdez*, attendez… Ça me dit vaguement quelque chose. Dix mille tonnes de fioul, voilà. Je vois. Je vois très bien. Pardon de sourire, mais ça vous ressemble tellement. Je ne me moque pas, Marianne, je m'attendris. Une marée noire. Il n'y a que vous pour commencer une histoire d'amour les pieds dans le mazout.

Décidément, il me plaît bien, ce garçon. Et puis j'aurais fait comme lui : on se promène, on découvre une jolie fille sexy en ciré jaune qui nettoie une plage souillée, on lui propose son aide, c'est normal. On brosse les rochers, on désenglue les mouettes, ça crée des liens… Ce serait bien de le rappeler, non ? C'est lui qui s'est un peu englué dans votre histoire, là, il me semble.

Si vous deviez me le décrire en une phrase, vous me diriez… ? « Il a un problème. » C'est bien vous, ça. Pourquoi me répondez-vous d'emblée par du négatif ? Je vous demande ce qui le caractérise. Dites-moi : il est brun, il est grand, il est Vierge ascendant Lion, musulman converti au bouddhisme, il a des mains de pianiste, des épaules de bûcheron, il aime le jazz alternatif, la position du missionnaire et les chaussures anglaises – tout ce qu'on remarque en premier chez un homme, non ? C'est vous qui voyez. Elle est assez révélatrice, d'ailleurs, votre prononciation. Vous dites : *preublème.* Vous employez le mot si souvent que, dans votre bouche, il s'est poli comme un galet.

Quel est son *preublème*, alors, à part vous ? Attendez que je devine. Accident du travail : il a trop de cholestérol. En plus, il a développé une allergie aux produits anti-acariens, et tous les matelas d'hôtel sont traités, c'est la norme. Quel désastre. Il est en arrêt maladie : privé de bonnes tables et de nuitées avec vous. Son régime le rend dépressif, il ne veut pas se montrer comme ça et, du coup, vous prenez vos distances… Je me trompe ? Quoi d'autre, alors ? Le Guide Michelin dégraisse. OK. C'est fou comme la vie est poétique, avec vous. Dès qu'on ouvre une fenêtre, il pleut.

Non, je confirme. Je pense que tout vient de là : vous faites pleuvoir parce que vous avez peur du soleil. N'empêche que vous êtes amoureuse, je le sens aussi très fort. Simplement, vous déteignez. À mon avis, indépendamment du dégraissage, il se crée des *preublèmes* pour exister à vos yeux. Être sur la même longueur d'onde.

Oh si, je vois très bien quelles sont vos priorités. Le sacrifice, en premier lieu. Le sacrifice considéré comme un investissement. Ne pas s'autoriser de récréations tant qu'on n'est pas allé au bout de son projet, de sa mission, car nos adversaires n'attendent qu'un faux pas de notre part pour nous écraser, et le bonheur est un faux pas, alors rendons-nous malheureux pour être plus fort et ne pas risquer de trébucher. Réussir *d'abord*.

Sauf qu'on ne réussit jamais, en fait. Jamais assez. Ou alors trop, et on n'a pas le temps non plus. *Carpe diem*, Marianne. Devise des épicuriens. « Cueille le jour », mais pas pour en faire des confitures. Pour le consommer, là, tout de suite. Manger le fruit sur l'arbre. C'est tellement plus *sûr*. J'emploie votre langage, voyez. Vous avez besoin de certitude. Mais le bonheur est la seule certitude, dans la vie. Si vous passez à côté en connaissance de cause, il se vexe et il ne revient pas. C'est ça, la certitude.

Pensez à votre grand-mère, et à votre mère aussi. À la vie détestable qu'elles ont eue. Êtes-vous obligée de gâcher la vôtre par mortification ou par fidélité ? Bien sûr qu'il y a un rapport ! N'accusez pas toujours vos algues vertes. Tout ce que je vous raconte sur Ilsa et tout ce qu'il me reste à vous révéler doivent servir à *une* chose : vous empêcher de considérer le bonheur comme un défaut de blindage. Au contraire; c'est la seule véritable armure. Il ne s'agit pas de vouloir être heureux tout le temps, mais il faut l'avoir été. Sans cela, on ne développe pas d'anticorps. Ne passez plus à côté des belles choses, Marianne Le Bret, avocate au barreau de Morlaix. Je n'ai pas les moyens de ramener Ilsa à la vie, mais, vous, je le peux. Il me semble. À sa mémoire, vivez le bonheur qui lui a été refusé. Faites ce que j'ai fait à quatorze ans : donnez-vous charge d'âme. La vie devient tellement plus simple quand on vit double.

D'accord, j'arrête avec « votre ex », et je me cantonne à ma propre histoire. Je vous prie de m'excuser pour cette parenthèse, si vous la prenez comme telle. Mais contrairement à ce que vous dites, je ne crois pas que vous soyez pour lui « un coup entre deux portes ». Juste une question. Vous êtes sûre qu'on dégraisse, chez Michelin ? Répétez-moi ses termes exacts, et puis on passe à autre chose.

Non, Marianne. « Il faut que je trouve un autre métier », ça ne signifie pas forcément le chômage technique. Ça peut être : un autre métier plus « socialement responsable », comme vous diriez. Pour vous surprendre, vous reconquérir, ne plus se sentir dans vos yeux un privilégié superflu, une bouche inutile payée à commenter ce qu'elle avale. Je le vois très bien passer des entretiens d'embauche pour la Banque alimentaire, le WWF ou Amnesty International – les nouvelles Cartes du Tendre…

Pourquoi je parle de ça? Bon, allez, j'avoue. La troisième fois, j'ai décroché. Je me suis dit que votre messagerie ne marchait peut-être pas en dehors de la France. J'ai donc fait boîte vocale. Boîte vivante. Vous avez mis du temps à deviner.

Le message… Le message, c'est ce que je viens de vous suggérer. Mais il a fallu que je le lui arrache; il est encore plus pudique que vous. Je cite : «Ça fait trente fois que j'essaie de la joindre depuis hier et son répondeur est saturé. Dites-lui que je suis en train de tout changer dans ma vie et que je l'aime. Merci, monsieur.» Fin de citation.

Ôtez-moi d'un doute. En tant que boîte vocale, je ne me suis pas permis d'aborder le sujet, mais il n'y a fait aucune allusion… Il est au courant de la situation, j'espère. Votre voyage ici. Pourquoi? C'est quand même un événement majeur… Le genre d'émotion qu'il faut partager, même à distance. Pour sentir un autre regard. Vous avez tort, je suis désolé. À force de tout garder au fond de soi, on passe pour quelqu'un d'insensible, et on en veut aux autres d'être aussi mal jugé. Je connais par cœur. Exprimez-vous, Marianne, avant qu'il soit trop tard. Si j'avais confié à ma femme, au long de nos cinquante-six ans de mariage, le quart des sentiments que je viens de vous avouer par rapport à Ilsa, elle serait morte moins seule. Toujours cette peur de blesser ceux qu'on aime en ouvrant notre cœur. Ce qu'ils déduisent de nos silences leur fait tellement plus mal…

Allez, je vous laisse le rappeler, je vais fumer dans le jardin. Oui, oui, bien sûr, j'ai ce défaut-là *aussi*. Je suis un homme complet. Un paquet par jour depuis soixante-cinq ans, sans compter le cigare du soir. Il faut bien mourir de quelque chose. Je sais, oui, ça coûte cher à la société, disent les experts. Mais ce qui coûte encore plus cher à la société, ce sont les experts.

Rappelez-le.

Il était sur messagerie ? Comme vous voudrez. Que je vous croie ou non, quelle importance ? J'ai dit ce que j'avais à dire, vous faites ce que vous avez à faire. Mais ne me reprochez pas votre attitude.

Non, j'ai renoncé à ma cigarette. J'irai sur le trottoir, tout à l'heure. Il y a une espèce d'anniversaire dans le jardin, et je n'aime pas fumer avec des enfants autour. Ça me gâche le plaisir. Trop de bruit.

Dites-moi, Marianne, je peux vous poser une question qui me taraude depuis un moment ? Concernant votre mère. Vous étiez déjà comme ça avant sa mort ou vous avez repris le flambeau, depuis qu'elle n'est plus là pour vous pourrir la vie ?

Je ne vous agresse pas, non. Je n'aime pas beaucoup votre mère, c'est tout, paix à son âme. Je la plains, mais je ne la sens pas. Il y a des gens comme ça qui sont aussi toxiques morts que vifs. Le peu que vous m'en avez dit m'a mis très mal à l'aise. J'en ai connu, de ces êtres falots qui causent à leurs proches des ravages sans commune mesure avec leur insignifiance. Ils ne sont même pas méchants, ce qui les rend d'autant plus nuisibles.

Elle a des excuses, nous sommes d'accord – mais pas celle-ci, non ! Quelle « vie tragique » elle a eue ? Élevée par des gens formidables, qui lui ont laissé le choix entre l'amour adoptif et la rancune biologique. La faute à qui, sa « vie tragique » ? Bien sûr que si, Marianne ! Il arrive qu'on soit responsable des malheurs qu'on subit comme de ceux qu'on provoque, désolé si ça vous choque. Ce qui m'énerve, c'est qu'elle vous l'ait transmis, ce sens du malheur. Cela dit, si c'est son côté victime de naissance qui a fait de vous une redresseuse de torts, c'est très bien, je m'incline.

Oui, elle a eu un cancer, je me souviens. Et un mari sans intérêt qui l'a laissée tomber pour une plus jeune. Je ne suis pas en train de vous dire qu'on se fabrique ce genre de destin, mais enfin il y a un peu de ça. On a tous en nous des cancers en puissance et des anticorps qui se développent ou non. Et il n'y a pas que des hommes minables sur Terre. Mais si ce qu'on cherche dans la vie, ce sont des coupables et des excuses, on les trouve.

C'est tout ce que je voulais vous dire par rapport à votre mère. Une pauvre femme, d'accord. Mais elle n'était pas obligée de briser le cœur d'une famille qui lui avait tout donné, ni de vous inculquer sa haine. Vous avez toujours cru que c'était Ilsa qui pesait sur vous, qui vous gâchait l'existence, mais non, ce n'était pas elle. Votre mère vous en voulait d'être son portrait, c'est tout. De ressembler à *la nazie*, à *la Chienne d'Helm*. Comme si vous aviez pris son parti, physiquement.

Pardon, je ne voulais pas vous… Je ne voulais pas réveiller ce genre de blessure. Je ne savais pas que je tombais juste. Enfin... Si. J'ai gardé l'instinct des enfants battus. On se reconnaît entre nous, même à deux générations d'écart... Je suis navré. Non, buvez dans mon verre, vous avez du dépôt. Et puis vous n'allez pas me laisser seul avec un magnum.

Maintenant que vous *savez*, Marianne, tout va changer. Et je suis loin d'avoir fini. J'ai encore de quoi vous faire aimer votre grand-mère, vous verrez. Cette ressemblance, elle va devenir une aide, une fierté, un enjeu. Jusqu'à aujourd'hui, vous vous sentiez coupable des accusations mensongères qu'on a portées contre elle. Désormais, vous êtes responsable de ce que vous ferez de la vérité.

Vous me pardonnez ? Merci. Merci de ce sourire. Et de cette main sur mon bras. C'est votre premier élan vers moi, et je ne l'attendais pas dans ces circonstances. Ayez l'insolence, Marianne. L'insolence de vivre au-delà des schémas qu'on vous impose, des limites que vous vous êtes créées...

Il demande si vous prenez un café. *Zwei, bitte.* Je suis parfois brusque et maladroit, mais c'est uniquement lorsque les gens qui m'importent sont en danger. Vous ne le serez plus, dorénavant, je le sais. Je vous fais confiance.

Regardez. Depuis un moment, j'ai envie de vous montrer cette photo. Il en manque un bout, oui, j'ai coupé Hitler. Elle tombe en morceaux, mais c'est la seule où je sois avec elle. Prise au château juste avant qu'elle me fasse sortir d'Allemagne. Là, c'est vraiment *vous*. Par rapport à la photo du Berghof, tout à l'heure. Elle a votre sourire de façade, vos certitudes qui se lézardent, votre côté solidaire et paumé... Elle s'était humanisée, avec moi, oui, peut-être. Ou alors c'est vous qui avez changé. C'est vous qui êtes déjà moins gênée par la ressemblance.

Je vous la donne. J'insiste. Non, je ne l'ai pas en double. J'ai le négatif dans mon cœur. Ça vous fera un souvenir de moi aussi, comme ça.

Pourquoi elle m'a fait sortir d'Allemagne ? Au moins trois raisons complémentaires : pour m'éloigner d'elle, pour me confier une mission, pour m'éviter de retourner à la case départ. Vous ne me demandez pas ce que faisait Hitler sur la photo ? C'est lié, oui, bien sûr. Je tourne autour depuis tout à l'heure. Il me fallait le temps de… Ne le prenez pas mal. Le temps de vous apprivoiser.

*

Je n'oublierai jamais le 18 mai 1942. Grübblick débarque de Berlin surexcité : le Führer a décidé une inspection pour le dimanche suivant. Il viendra en personne, avec son état-major scientifique.

— Évidemment, c'est pour la bombe ! lance-t-il à la face d'Ilsa. Le nouveau ministre de l'Armement a découvert que la recherche atomique est au point mort, il est furieux ! Vous m'avez garanti que ce Rosfeld était plus fort qu'Heisenberg, je veux qu'il me fasse un exposé clair et complet dans une heure ! Comment ça marche, comment ça se fabrique, en combien de temps. Et pas de fioritures, le Führer déteste. Moins de cinq minutes.

Ça, il ne risquait pas d'avoir plus. Depuis des mois, Berlin nous laissait tranquilles et, du coup, nous étions tous focalisés sur la naissance de l'univers. Ilsa nous avait installé dans les caves du château un mini-accélérateur de particules, où nous tentions de recréer les conditions du Big-Bang pour détecter les traces de mon boson. Nous avions oublié la guerre, les bombes, la propagande… Nous, je veux dire : les élèves. Seules les actualités filmées que Grübblick nous faisait projeter après dîner, les rares fois où il venait en week-end, nous raccordaient brièvement à cette époque de folie hargneuse, de grandiloquence et de carnages commentés avec un optimisme ampoulé par les voix de la *Deutsche Wochenschau.* Sitôt les lumières rallumées, nous nous dépêchions de revenir à l'apparition de la vie sur Terre, tout en déplorant que l'évolution ait abouti à ces benêts musculeux défilant au pas de l'oie qu'on nous présentait comme l'avenir de l'humanité.

Ilsa m'a recadré en quelques minutes, m'a fait réviser la synthèse de mes connaissances sur la fission nucléaire, sans relever les erreurs volontaires qui rendaient leur application impossible. À l'époque, je la croyais simplement distraite.

Et je me suis retrouvé, à l'heure dite, sur la tribune d'orchestre de la salle de bal transformée en auditorium pour le colonel, qui s'était assis tout seul au milieu du troisième rang.

Je n'ai pas pu sortir un mot. Chaque regard à Ilsa, debout contre le mur du fond, ne faisait qu'approfondir le vide sidéral où je sombrais. Une fois encore, la présence de ce nabot sadique me ramenait à Hadamar, à la douche, aux cendres qui neigeaient sur moi… Les découvertes sans fin, l'excitation du savoir, l'exaltation des sens et l'harmonie que j'avais contribué à créer au château d'Helm n'y changeaient rien. Les lunettes du marchand de glaces, au fond de ma poche, censées être mon porte-bonheur, n'étaient qu'un aide-mémoire qui me réduisait au silence.

Le SS s'est retourné d'une pièce vers Ilsa.

— Qu'est-ce qui lui prend ? Il ne sait plus rien ? Il a perdu l'usage de la parole ou quoi ?

Elle s'efforçait de sourire pour banaliser la catastrophe. Je sentais son cœur battre, à quinze mètres de distance. Elle a improvisé :

— Non, non, mon colonel, il est intimidé, c'est tout.

— Intimidé ? Qu'est-ce que ça sera, alors, quand il sera devant le Führer !

En trois bonds, il était sur moi et levait le poing :

— Tu vas parler, oui, sale juif ?

Elle s'est précipitée pour s'interposer :

— Tout ira bien, mon colonel. Je m'en occupe. C'est juste un petit désordre ponctuel…

Il a fusillé du regard cette cérébrale en uniforme symbolique qui avait une tête de plus que lui.

— Un désordre. *Quel* désordre ?

Elle a cherché ses mots, elle m'a regardé, elle a répondu :

— Hormonal.

L'adjectif s'était formé sur ses lèvres comme la plus universelle des circonstances atténuantes. Si je me souviens bien, elle a même eu un sourire de connivence respectueuse pour prendre à témoin l'ancien adolescent qu'il était, le renvoyer à ses propres tourments. Il s'est fermé de plus belle, a jeté d'un ton cinglant :

— C'est-à-dire ?

Elle a baissé la voix pour préciser :

— La puberté, mon colonel.

Il a haussé un sourcil et m'a toisé, les lèvres pincées, avant de se retourner vers elle.

— Vraiment ? Vous m'assurez que c'est son *unique* problème ?

— Oui, mon colonel.

— Réglez-le.

Devant son absence de réaction, il a croisé les bras, et s'est cambré pour la détailler en martelant :

— Vous êtes responsable du problème de votre élève, non ? C'est à vous qu'il appartient de le résoudre. Et vous en répondrez devant moi.

Une ombre de sourire a remonté le coin de ses lèvres, tandis qu'il ajoutait avec suavité :

— Nous verrons cela après le dîner.

Il a claqué les talons, s'est dirigé d'un pas martial vers la porte qu'il a ouverte à la volée :

— Au suivant !

Avec un regard de détresse pour Ilsa qui demeurait de marbre, j'ai quitté la salle en croisant les jumelles qui marchaient tête basse, leurs dossiers sous le bras, aussi angoissées que moi. J'ai refermé la porte sans bruit. Les autres étaient assis sur les bancs de l'antichambre, m'interrogeant des yeux. J'ai senti ma gorge se nouer et je leur ai souhaité bonne chance, avant d'aller me réfugier dans l'étable.

Après le dîner où, pour la première fois, nos assiettes sont reparties pleines, Grübblick nous a fait descendre dans la petite salle de cinéma.

— Nul ne peut savoir qui le Führer décidera d'interroger ou non. Vous devrez donc tous vous tenir prêts comme si votre vie en dépendait. Et c'est le cas. Voilà, pour vous rafraîchir la mémoire, ce qui vous attend si vous ne réussissez pas votre exposé.

Il a fait éteindre les lumières, et nous a passé un film daté de l'été précédent. J'ai d'abord trouvé que les cadrages étaient bizarres et que l'image sautait tout le temps. Et puis, j'ai reconnu les bâtiments de mon hôpital. Et j'ai découvert avec effroi ce que j'imaginais dans mes cauchemars depuis un an et demi. J'ai vu ce qui se passait au sous-sol. Des dizaines de pensionnaires de tous âges et de toutes maladies, nus, savon à la main, posaient leurs serviettes en file indienne avant d'entrer dans la salle de douche. Parmi eux, un hydrocéphale avait le numéro 10 000 peint en gros chiffres noirs sur la peau de son dos. Les infirmiers et les SS, joyeusement éméchés, levaient leurs bouteilles de bière dans sa direction. Une fille en tenue de majorette lui a mis un bouquet dans les mains, et puis on l'a poussé dans la chambre à gaz sous les bravos. Fondu au noir sur les portes qui se fermaient derrière le « dix millième ». Lorsqu'elles se sont rouvertes, après le carton « *20 Minuten später* », nous avons tous fermé les yeux.

Encore aujourd'hui Marianne, il y a une phrase que je ne supporte pas d'entendre, même lorsqu'elle est prononcée par des gens sincères. « *On ne savait pas.* » Les camps d'extermination étaient-ils vraiment un secret pour tout le monde ? Avions-nous été les seuls spectateurs de ce genre de films ?

Quand les lumières se sont rallumées, le colonel a repris la parole devant l'écran. Et l'horreur a continué :

— Pour le Dr Schaffner, vous êtes des intelligences supérieures. Pour moi, vous n'êtes que des anormaux comme les autres. Des dégénérés instables et improductifs, qui recevez un traitement honteusement privilégié ! Si vous trahissez l'espoir que le Reich a mis en vous, je serai sans pitié. Pour plus de détails, demandez à l'un d'entre vous, qui connaît bien le décor du film et ne sera pas le dernier à s'y retrouver.

Quand il nous a quittés pour aller boire son cognac avec les maîtres-chiens, Ilsa et les professeurs ont eu un mal fou à calmer les pauvres mômes. Ils leur ont dit que c'était une blague, que c'était truqué, du cinéma pour de faux comme *Nosferatu le vampire* ou Greta Garbo, mais il nous a fallu plus d'une heure pour les coucher. Ilsa m'a remercié de mon aide. Avec un air perdu que je ne lui connaissais pas, elle a insisté sur mon sang-froid, puis m'a quitté brusquement.

Je suis reparti vers ma cabane dans la belle nuit de printemps, les doigts serrés de rage sur les petites lunettes au fond de ma poche. Des chants guerriers horriblement faux s'échappaient de l'aile nord. Grübblick profitait de l'absence de Gert von Lierenbad, en déplacement au QG de l'Abwehr, pour jouer les seigneurs du château. À tous points de vue.

J'étais en train de me coucher lorsqu'on a tapé à ma porte. Ilsa est entrée, a refermé derrière elle, et m'a posé les mains sur les épaules, gravement.

— On n'a pas le choix, David. Je dois faire la preuve de ma loyauté. On risque gros, toi et moi, on risque le tout pour le tout. Il est devenu complètement malade, tu as vu. Il a peur que le *H-Plan* lui retombe dessus, comme chaque fois qu'Hitler change de lubie, et il prend les devants. Sans parler de ses querelles de préséance avec Gert, des contentieux entre les SS et l'Abwehr… Je peux compter sur toi ?

Je ne comprenais rien, mais j'ai répondu oui, bien sûr, ému par son air angoissé, et fier de lui rendre service. Elle a mordu ses lèvres, m'a fixé avec un soupir en secouant la tête. Puis elle a conclu :

— Ça va être l'heure. Viens.

Le cœur serré, je l'ai suivie jusqu'au château, sans un mot.

Vous vibrez. Si, si, répondez, au contraire ; je vais aller fumer sur le trottoir. Mes amitiés à Michelin, si c'est lui. J'ai besoin d'un petit sas, de toute manière ; ce que j'ai à vous raconter maintenant n'est pas forcément…

L'hôpital ? Donnez, oui, bien sûr. *Guten Tag, Herr Doktor. Wie, bitte ? Ich verstehe, ja. Wir kommen gleich.*

Marianne… je crois qu'il vaudrait mieux demander l'addition.

Je me gare un instant, si ça ne vous ennuie pas. J'ai vos larmes dans les yeux, je n'y vois plus rien.

Ne dites pas ça, Marianne. Au contraire. J'ai toujours été seul à la pleurer, vous n'imaginez pas le bien que vous me faites. Et puis c'est l'issue la plus douce qu'elle pouvait nous offrir. L'issue naturelle. Plus de décision à prendre, plus de formulaire à contresigner…

Du coup, on n'est peut-être pas obligés de se précipiter. Je veux dire : ça ne dépend plus de nous désormais. Oui, vous avez des dispositions à prendre, bien sûr, mais c'est juste de l'intendance. Elle a tout prévu, tout organisé depuis des années. Ce n'est plus sa mort, le problème, c'est sa vie. Je n'ai pas fini, Marianne.

Je continue ? J'ai envie de vous donner, là, tout de suite, une autre image que celle qui nous attend à l'hôpital. Je pense que ça nous aidera. Et elle aussi, peut-être… Je ne vais pas vous parler de mes idées sur l'au-delà ; ça prendrait des heures et ce n'est pas le sujet. Mais c'est mieux pour elle, je crois, de partir sur ce genre de souvenir que sur vos larmes, vos regrets, vos si-j'avais-su… Je pense que l'âme a besoin d'une sorte de bulle de savon pour l'aider à quitter le corps, à s'éloigner de ce monde. La bulle d'un moment qui renferme et résume son histoire, ses émotions, la trace d'amour qu'elle laisse… Vous voulez bien ?

Je vous remmène au château d'Helm. Est-ce un hasard si son cœur s'est arrêté à ce moment précis de mon récit ?

Il n'y avait plus personne au rez-de-chaussée, aucun bruit. J'ai monté l'escalier, deux marches derrière elle. Nous avons traversé la salle de musique. Au passage, sans un regard pour moi, elle a pris le tabouret du piano. Et elle l'a déposé devant sa porte. Là où j'avais passé tant de nuits fabuleuses à m'imaginer dans ses bras à la place de Gert.

Je ne me suis même pas demandé comment je devais réagir. Ce qui importait, ce n'était pas nos sentiments passés, mais le rendez-vous qui nous attendait. Elle m'a fait entrer, elle a retiré la clé qui bouchait la serrure. Elle l'a laissée tomber sur le sol et m'a dit, les yeux dans les yeux :

— Tu es de l'autre côté, maintenant, David. À toi de jouer.

*

Elle m'a assis au bord de son lit, puis elle a reculé jusqu'au centre de la pièce. Elle avait son uniforme d'*Oberleutnant*, comme chaque fois que Grübblick venait au château. Elle m'a posé une première question sur la structure de l'atome. J'ai bien répondu. Elle a défait trois boutons de sa vareuse. Sur le même ton inexpressif, elle m'a demandé comment le neutron produit par la fission initiale pouvait créer la réaction en chaîne. La bouche sèche mais la diction précise, j'ai exposé les différentes méthodes. Elle a débouclé son ceinturon. Puis elle m'a questionné sur la masse critique. Quand j'ai eu terminé d'expliquer l'erreur d'Heisenberg, la chemise d'uniforme est tombée sur le sol.

Toujours figé à l'endroit où elle m'avait assis, j'ai donné le résultat de mon propre calcul, en n'étant plus très sûr du chiffre. Ses doigts se sont immobilisés sur l'agrafe du soutien-gorge. J'ai creusé ma mémoire, augmenté la valeur de référence à vingt-cinq tonnes. Elle a découvert ses seins, lentement. Les mains en suspens, elle attendait. En m'efforçant de garder l'air naturel, j'ai détaillé les problèmes liés à la trop faible quantité d'uranium 235 par rapport au 238. Elle s'est agenouillée devant moi, et elle a déboutonné mon pantalon en m'invitant à continuer. J'ai présenté les deux techniques envisageables pour enrichir le combustible : la diffusion gazeuse ou la séparation électromagnétique. La première était d'un rendement ridicule, et la seconde nécessitait un accélérateur de particules géant appelé cyclotron. Ses doigts m'encourageaient à poursuivre, suspendant leur caresse quand j'interrompais mon exposé. J'ai dit qu'on ne disposait que d'un seul cyclotron en Europe, à Paris, et il était beaucoup trop petit. Il faudrait des années pour en construire un plus grand.

Elle a pris mon sexe dans sa bouche, et la fission a cessé d'être une théorie. Pour différer l'explosion, j'ai dépeint les avantages de la fusion nucléaire, en mêlant les calculs existants à mes propres hypothèses, comme si ses lèvres et sa langue décuplaient à l'infini ma puissance de raisonnement. Avec sang-froid et précision, je me suis mis à décrire les ravages terrifiants de la bombe à hydrogène, tout en me disant que j'étais le plus heureux des hommes.

Et puis j'ai senti une goutte sur mon ventre. Une autre. Ses larmes coulaient au rythme de sa bouche, ponctuant le va-et-vient. Ça n'a pas diminué la force de mon désir, au contraire. Mais ça l'a converti. Une indignation violente serrait mes doigts sur le bord du lit. Je regardais son reflet dans la psyché, j'imaginais le SS sur mon tabouret de piano, je la voyais donner en spectacle ce qui aurait dû être le plus beau moment de ma vie, et j'étais – comment vous dire ? – incroyablement blessé dans sa dignité.

J'ai posé les mains sur ses tempes pour arrêter le mouvement. Lentement, j'ai retiré mon sexe de sa bouche et je lui ai dit, assez fort pour que *l'autre* entende :

— Je ne le mérite pas encore, *Oberleutnant*. Il faut d'abord que je réussisse mon exposé devant le Führer.

J'attendais une réaction de surprise, un sourire de gratitude – peut-être même, qui sait ? une protestation… Elle m'a dévisagé avec un désarroi complet. Elle est devenue toute blême. Comme si ma fin de non-recevoir lui faisait prendre conscience de l'humiliation qu'elle s'infligeait, bien plus que si j'en avais tiré profit.

Elle s'est relevée en deux temps. Elle m'a tourné le dos, et elle s'est rhabillée. J'ai fait de même. Au mouvement de ses épaules, j'ai cru qu'elle continuait à pleurer. Mais, quand elle a de nouveau affronté mon regard, sanglée dans son uniforme boutonné jusqu'en haut, elle avait les yeux secs. D'une voix neutre, elle m'a dit :

— Merci.

Pris de court, j'ai répondu comme un con :

— Pas de quoi.

Et puis je me suis ressaisi, avec un brusque sentiment de colère, de honte et de remords : je venais de commettre la plus grosse bourde de ma vie en refusant une si belle occasion qui ne se représenterait pas. Et j'ai ajouté tout bas, sur le ton beaucoup moins viril du maladroit qui vérifie que les dommages causés ne sont pas irrémédiables :

— Si je réussis mon exposé, on le fera ?

Elle a simplement répondu sur un ton lugubre, avec un soupir de fatalité :

— Tu le réussiras.

Ce mélange d'émulation, d'humour froid et de délicatesse qui était le fond de sa nature – en tout cas, la clé de sa pédagogie.

Quand elle a rouvert la porte, le tabouret n'avait pas changé de place. Grübblick avait-il été spectateur de la scène à laquelle il s'était implicitement convié ? *Vous en répondrez devant moi.* Le lendemain matin, quand j'ai repassé mon audition face à lui, rien ne m'a permis de déceler si la « réponse » lui était parvenue ou non. Il m'a écouté sans relever les yeux de son chronomètre, puis m'a félicité pour mon comportement, sans préciser à quoi il faisait référence.

Peut-être qu'Ilsa avait placé le tabouret devant la porte sans l'en informer. Peut-être qu'elle m'avait simplement *testé*. Mon quotient émotionnel, ma réaction face à la situation, mes sentiments pour elle… Je ne le saurai jamais, Marianne. Mais dès lors, entre nous, qu'on soit seuls ou en public, sans le plus petit geste ni le moindre regard ambigu, la connivence intime a été plus forte que tout ce que, par la suite, j'ai pu connaître avec mes amantes ou mon épouse. Et Dieu sait qu'il m'a été donné de vivre de belles histoires et d'explorer toute la gamme des passions. Mais *ça*, cette victoire de l'amour sur le désir, cette confiance mutuelle qui, par respect, par défi ou par osmose, diffère le plaisir en devenant une autre forme d'extase, je n'ai jamais retrouvé.

L'aurais-je voulu, du reste ? Ilsa, pour moi, a toujours eu besoin d'être unique. Ma façon de rester fidèle à un amour inachevé…

*

Pourquoi ce regard, Marianne ? Vous ne me croyez pas. Vous sentez que la scène ne s'est pas terminée ainsi. Que je vous mens par omission. Une femme perçoit ce genre de chose, je sais. Et puis c'est peut-être une question de mémoire génétique, aussi… Vous ne *reconnaissez* pas cette réaction de votre aïeule.

Non, c'est juste ma voix ? Je ne voulais pas tronquer la vérité. Simplement respecter un serment dont sa mort vient de me délivrer, oui, hélas. Une force en moi refuse de l'admettre, Marianne, c'est tout. Être lié par un serment – quelle belle expression. Le dernier lien entre nous.

Que voulez-vous que je vous dise ? Qu'en voyant la manière dont je fixais le tabouret vide, au moment où nous sortions de sa chambre, elle a retenu mon bras, elle a soutenu mon regard, elle m'a ramené à l'intérieur et elle a refermé derrière nous en mettant la clé dans la serrure ? Qu'elle m'a jeté sur son lit où, feignant de maîtriser le sujet comme pour les secrets de l'atome, j'ai découvert la jouissance que mon plaisir pouvait donner à une femme ? Oui, ça s'est passé comme ça. Et ses mots chuchotés à mon oreille, tout de suite après, alors que j'étais toujours en elle, tétanisé de bonheur incrédule, ses mots m'ont marqué à jamais – plus encore, peut-être, que la fusion de nos corps :

— Il ne s'est rien passé, David. Je t'ai fait l'amour en service commandé, c'est tout. Je n'ai pas pris de plaisir et tu as fait semblant d'aimer, point final. Toi qui sais si bien mentir, tâche que ça devienne la vérité. Tu es dépucelé, tu es devenu un homme, le problème est réglé et mon rôle s'arrête. Ce rôle-là. Je suis bouleversée par toi, David, depuis le premier jour, depuis que j'ai compris le défi incroyable qu'un petit crétin de bouseux lançait à la mort, à la vie, à la terre entière. Je te mènerai au bout de ton rêve, mais ne m'en demande pas plus. Je suis avec Gert, je suis son alliée, tu ne peux pas être un écueil entre nous, un obstacle. Je suis bouleversée par toi, oui, mais je dois garder mon sang-froid. Plus que jamais, avec ce qui se prépare. Jure-moi que tu ne parleras jamais à personne de ce qui vient de se passer. Jure-moi, je te répondrai je t'aime, et ce sera fini : tout redeviendra comme avant.

J'ai juré. Elle m'a retiré d'elle en me disant je t'aime et, oui, tout est redevenu comme avant. Pour les huit jours qu'il nous restait à vivre ensemble.

C'est ce que vous vouliez entendre ? Voilà. C'était mon oraison funèbre. J'espère qu'elle fera écran, pendant la mise en bière. Ce n'est pas une vieille dame indigne qui vient de s'éteindre, Marianne. C'est l'amour de ma vie. L'amour fondateur, la sensualité, l'intelligence, le courage, le don de soi jusqu'à l'abnégation – tout le pouvoir créateur d'une femme… Tout l'héritage qu'à présent elle vous laisse. En s'éteignant, elle se rallume *autrement*. Elle vous éclaire de l'intérieur.

Soyez heureuse, Marianne. Pour rendre heureux les hommes qui vous méritent. Soyez heureuse pour elle. Sans jamais sacrifier votre idéal ou vos colères.

Allons-y.

Elle a l'air apaisée, oui. Ou alors c'est nous qui sommes plus détendus. Il faut dire que le bruit de ces machines à respirer est l'un des plus crispants qui soient. Pardon, mais j'essaie d'éviter les formules toutes faites. « Repos éternel », désolé, j'ai du mal. La mort n'a rien à voir avec la retraite. Si éternité il y a, ça ne peut être que du travail. Quel intérêt, sans cela ? En tout cas, si elle est en paix, ce n'est pas parce qu'elle est morte, c'est parce que nous lui avons redonné vie. Rendu justice. Non ?

Il y aura juste ces documents à signer, m'ont-ils dit. Vous les déposerez à la comptabilité en repartant. Elle s'est occupée de tout le reste, je vous le confirme. Même du casier où reposera l'urne.

Ce qui va se passer maintenant ? C'est à vous de voir. La secrétaire médicale a appelé le responsable des Pompes funèbres, qui a fait au mieux : il a un créneau demain matin à neuf heures. Mais si vous ne pouvez pas modifier votre retour, je vous représenterai…

Non, ça va, je tiendrai le choc, c'est sans problème. Les ironies du sort, j'ai l'habitude. Incinérer la femme qui m'a sauvé du four… Que voulez-vous que je vous dise ? C'est la matière du petit discours que je prononcerai au crématorium, avec votre permission. Pour que les gens sachent. S'il y a des gens.

Demain seize heures dix, parfait. Je vous déposerai à l'aéroport. Non merci, je réserverai plus tard. Il n'y a pas d'urgence : j'avais pris un aller simple. En fait, ma situation financière n'est pas au mieux de sa forme, en ce moment. J'ai utilisé un billet prime d'American Express, mais je n'avais plus assez de miles pour le retour. J'ai privilégié la nuit d'hôtel et la location de voiture. Pour le reste, on verra. J'aviserai. Rien ne m'appelle, en tout cas, et rien ne me retient. Privilège des retraités qui sont sortis de la course... J'en profite. C'est vous qui avez des obligations, une vie remplie, des tas de rendez-vous...

Vous êtes sûre ? Bon. Mais n'employez pas le mot «libre» avec cette amertume. Je trouve ça vraiment incompatible. C'est merveilleux d'être libre. Et il y a au moins une personne qui vous attend. Non, non, j'ai bien compris, j'arrête de vous gonfler avec Michelin. Je voulais dire : «un client». Vous avez sûrement des tas de divorces, d'excès de vitesse, d'erreurs judiciaires à réparer...

J'ignorais, pardon. Mais c'est grotesque. Une plainte au conseil de l'Ordre, et vous êtes suspendue, comme ça, du jour au lendemain ? On rêve. Des agriculteurs vous accusent de transport de sangliers sur la plage, et vous n'avez plus le droit de défendre les êtres humains. Encore heureux que ce soit provisoire, il ne manquerait plus que ça ! Oh si, je connais. Je suis passé par toute la gamme des procès d'intentions, des calomnies, des listes noires, des coups tordus...

Je me suis cogné Edgar Hoover, le maccarthysme, les lobbies antitabac et le fils Bush, mais je vois que rien ne change.

Bon, je descends fumer sur le parking. À mon âge, vous savez, malgré toutes les belles théories que je peux vous égrener sur l'après-vie, le spectacle de la mort n'est pas très bon pour la santé. Et puis ce n'est pas ici que je veux lui dire adieu. J'aimerais qu'on aille chez elle, Marianne.

Demander à qui ? Ce n'est pas la peine : vous avez la clé. Dans le dossier que vous a donné l'assistante sociale. Vous l'avez laissé sur le tableau de bord. J'ai vraiment envie de connaître son décor, de le découvrir avec vous, si vous le souhaitez. Ce n'est pas sa dépouille qui nous parlera d'elle. Et, vous comme moi, nous avons quand même un trou de soixante-sept ans à combler.

Ça vous ennuie si je reprends mes fleurs ? Elles ne servent plus à rien ici ; autant faire plaisir à quelqu'un.

Je vous attends dehors.

Je suis là, oui. C'est toujours le même cèdre.

La comptabilité ne vous a pas gardée tout ce temps, je présume. Qu'avez-vous fait, la visite du musée ? Ce n'était pas très dur à deviner. J'y suis passé ce matin, avant de monter dans la chambre. C'est très bien, comme reconstitution. Très propre. Assez fidèle. Insoutenable.

C'est bon de vous retrouver, Marianne. Non, je ne dirai pas que vous m'avez manqué, ça fait à peine une demi-heure, mais… disons que je n'étais pas sûr. Vous pouviez avoir épuisé l'intérêt de ma présence. Après tout, il y a beaucoup d'Allemands qui se débrouillent en anglais et même en français ; je ne suis pas indispensable. Rien ne vous empêchait de filer dans mon dos jusqu'à la station de taxis, là-bas, et de m'oublier. J'aurais compris. Il me reste encore un minimum de dignité : je n'ai aucune envie de jouer les boulets du souvenir.

Cela dit, je vous dois un dîner. J'avais parié avec moi-même que vous partiriez sans prendre congé. Mais c'est un gage, pas une obligation. Nous pouvons très bien nous dire adieu ici, maintenant, sous cet arbre. Et faire deuil à part. C'est votre grand-mère ; je vous l'ai rendue telle qu'elle était, je ne vais pas m'imposer. J'enverrai mon témoignage écrit sur sa conduite pendant la guerre à votre cabinet de Morlaix ; vous en ferez ce que vous voudrez. Quoi qu'il en soit, c'était un plaisir de vous rencontrer, de vous parler, de vous connaître. Je vous souhaite bonne route, Marianne. Sans rancune, au contraire.

Les fleurs ? Ah oui, les fleurs. Je les ai laissées dans la voiture, je m'en occuperai ensuite. Mais vous êtes sûre que… nous continuons ? Comme vous le souhaitez. Moi, je ne demande pas mieux, mais je me devais de vous ménager une porte de sortie. Une porte dérobée. Tout en redoutant que vous la preniez.

Nous faisons quelques pas ? Oui, je crois que j'ai besoin du bruit de la ville, un petit peu. Besoin de revenir au présent. Les magasins, les gens, la vie… Ce qu'ils appellent la vie.

Volontiers, qu'est-ce que c'est ? Un chewing-gum. Non merci, jamais de coupe-faim. Vous mâchiez du sucre, alors. C'était ça, le secret de vos formes paradoxales. Oui, je parle au passé, bien sûr. C'est fini, tout ça. C'était la conséquence, et il n'y a plus de cause. Il n'y a plus de grand-mère nazie. Il n'y a plus de grand-mère du tout. Vous n'allez pas rester anorexique à sa mémoire. Si vous renoncez à me fausser compagnie, Marianne, vous savez ce qui vous pend au nez, ce soir : le meilleur restaurant de la ville. Il est encore temps de changer d'avis. D'aller me remettre sous le cèdre.

La suite… J'aime bien que vous me demandiez *la suite.* C'est bon d'entendre ce mot. Vous me touchez beaucoup, Marianne, je trouve même que vous abusez un peu. La sensiblerie du vieillard, je m'en suis toujours méfié comme des chewing-gums. Mais elle ne sera pas très longue, hélas, *la suite*. Je n'ai plus que huit jours dans ma mémoire. Le reste nous attend chez elle.

Redites-moi cette phrase. Juste pour le plaisir, après l'effet de surprise. « Il n'y a pas qu'Ilsa qui m'intéresse en vous. » Eh bien. Si c'est poli, c'est bien tourné. Si c'est sincère, je ne sais quoi répondre.

Je n'en suis plus là, en fait. L'émotion incroyable que m'a donnée votre ressemblance a débouché sur autre chose. De plus introverti. Je ne sais pas si vous le sentez, mais je ne suis plus le même, depuis que je vous ai laissée dans la chambre 313. Et ça ne vient pas d'Ilsa. J'étais préparé, vous vous en doutez. Le passage du coma profond à la mort clinique ne m'a pas causé un véritable chamboulement. Non, j'ai pris du temps pour moi, c'est tout, pendant que vous visitiez le musée. Je me suis posé. Sous le cèdre. Comme il y aura bientôt soixante-douze ans. Et j'ai laissé la place au petit garçon. Le petit marchand de glaces qui a toujours été aux commandes de ma vie. C'est une parenthèse qui se referme, Marianne. Une très longue parenthèse.

Si nous montions vers le jardin public ? Peut-être que le chalet *Eiszeit* existe encore – le nom m'est revenu tout à l'heure. Ça veut dire « période glaciaire ». Le patron avait un sens de l'humour assez peu commercial. Allons renouer avec mes origines…

Ma vraie vie a commencé ici. Tout ce qui me reste de l'avant-Hadamar, tout ce que j'ai gardé de ma période Bolt, c'est le veau Sonntag qui, en quelques mots dans la nuit du dortoir, m'a ouvert le cœur du marchand de glaces. *David Ier*… C'est drôle que vous l'appeliez ainsi. Nous aurions pu y penser, avec Ilsa. En dehors d'elle et vous, l'unique personne à qui j'ai parlé de lui jusqu'à présent, vous allez être flattée, c'est Albert Einstein. Le seul qui ait percé à jour l'imposture qu'elle m'avait aidé à rendre viable.

Oui, je sais. Il est temps que je vous raconte ma vie avec Albert. Si je traîne un peu, c'est que, pour en arriver à lui, je dois passer par Hitler. Et, surtout, il faut que je quitte le château d'Helm. À travers les images qui ont pris place dans vos yeux, je m'y suis réinstallé, réfugié, calfeutré… J'ai fui la mort d'Ilsa dans nos dix-sept mois de vie commune, vous l'avez compris. J'ai arrêté le temps. Repartons, d'accord.

C'est tout de même étrange comme le cœur réagit. On se laisse encore surprendre à mon âge, vous verrez. Je suis triste d'avoir perdu la femme de ma vie, bien sûr – au sens propre : la femme *qui a fait ma vie*. Mais je suis tellement plus heureux de l'avoir retrouvée. Et de la faire revivre pour vous.

Où j'en serais, sans notre rencontre ? C'est une vraie question. Si j'étais arrivé trop tard ou trop tôt, si on s'était manqués… À quoi bon vous le cacher, à présent ? Mon histoire se serait arrêtée sur le visage ravagé d'une vieille dame hors d'atteinte. C'était prévu. Prémédité. J'aurais déposé un baiser sur ses lèvres, en dessous de la canule. Et puis je serais descendu à la salle de douche, où ma vie aurait dû s'achever le 13 janvier 1941. Et là, devant le nom de Jürgen Bolt inscrit parmi les douze mille deux cent dix martyrs sur la plaque commémorative briquée à neuf, dans ce beau musée de la mauvaise conscience bien entretenue, j'aurais dit merci une dernière fois au marchand de glaces, et je l'aurais rejoint en m'asphyxiant avec un sac en plastique – il est toujours dans ma poche. Tenez. Ce sera pour votre chewing-gum.

Je suis indécent ? On peut voir ça comme ça. Je dirais plutôt : inoubliable. Mourir en mémorial vivant. Ma dernière action de grâces. Mais bien sûr que ça aurait marché, Marianne : on étouffe en deux minutes, sous un sac en plastique, et le matin le musée est désert. J'y suis allé en arrivant, je vous l'ai dit, mais pas seulement comme un pèlerin : j'étais en repérage. J'ai observé l'axe des caméras et défini l'angle mort. Dans mon portefeuille, on aurait trouvé une lettre : la vérité sur Ilsa Schaffner et David Rosfeld. Qu'on n'ait pas vécu pour rien. Du moins qu'on parte ensemble, avec nos vrais visages. C'était l'idée. Cadeau.

Ah non, ne l'ouvrez pas maintenant ! Je sers à quoi, si vous connaissez la fin ? Vous avez la chance d'avoir à vos côtés un récit vivant, profitez-en. Quand nous nous séparerons, vous conserverez la version écrite. Vous la ferez paraître dans *Le Télégramme*, en droit de réponse aux producteurs d'algues vertes. Et, dans la foulée, vous les attaquerez pour diffamation. Ainsi la réhabilitation de votre grand-mère financera celle de vos plages, sous forme de dommages et intérêts. Je trouve ça moral.

Merci d'exister, Marianne. Merci d'offrir cette chute à mon histoire. Et merci d'être revenue, surtout. Je sais que vous avez hésité : pourquoi ne pas me laisser en plan ? Filer directement à l'aéroport et prendre le vol initialement prévu. En finir avec Ilsa et ce vieux porte-parole qui, au bout du compte, ne cherche qu'une oreille disponible pour raconter ses souvenirs de cul…

Mais si, vous vous êtes dit ça, et c'est normal. Et c'est bien. Parce que vous ne vous êtes pas arrêtée là. Je préfère que votre retour soit le fruit d'une réflexion plutôt que d'un réflexe : le pauv' papy m'attend, allons-y. Non. Je vaux mieux que ça, Marianne. Et vous aussi. La pitié machinale n'a rien à faire entre nous. Merci d'avoir failli partir.

Je peux vous prendre le bras ? Votre sourire gêné me flatte. Mais ce n'est pas un geste d'homme, c'est une prudence de vieux. Ils sont sournois, ces pavés.

Pour avoir passé quelques heures avec lui, je peux vous confirmer qu'Adolf Hitler était un sadique caractériel, paranoïaque et versatile. Mais ce qui m'a le plus frappé chez lui, c'est son côté dilettante. Capable d'hypnotiser des foules entières et de faire perdre la raison par exaltation contagieuse aux cartésiens les plus froids, c'était par ailleurs, finissons-en avec le mythe, un vrai connard. Un touche-à-tout absolument inculte qui remplaçait l'intelligence par la mémoire du détail, l'intuition, le culot et le défi. Il osait l'impensable, décidant tout seul au dernier moment après d'interminables atermoiements, ce qui prenait de court ses généraux et ses ministres, déstabilisait ses adversaires et lui donnait l'illusion, soigneusement entretenue par sa cour, d'être le plus grand stratège de tous les temps.

Et il ne s'arrêtait pas là. Convaincu d'être un génie omniscient entouré de traîtres en puissance, il se rassurait en nommant des incompétents aux postes clés : il avait confié les Affaires étrangères à un négociant en vins, l'Économie à un pilote de guerre, l'Armement à son architecte, la Recherche scientifique à un morphinomane, et la fabrication de la bombe atomique au ministre de l'Éducation nationale. Bien obligé de parer aux carences qu'il avait suscitées pour sa sécurité, il régnait en despote aveuglé par son propre rayonnement, se bornant à racheter ses erreurs de jugement en les faisant payer aux conseillers qu'il n'écoutait jamais.

Côté conversation, c'était un enfileur de monologues avec une seule obsession : passer pour un spécialiste auprès de toutes les personnes qu'il rencontrait, du fabricant de bretzels au biologiste, du menuisier à l'historien, du pêcheur de truites au constructeur d'avions. Vous connaissez les neveux de Donald, le canard de Walt Disney ? Riri, Fifi et Loulou. Comme eux, le Führer avait son *Manuel des Castors juniors*. Un gros livre rouge qui ne le quittait jamais, où étaient notés des dates, des chiffres, des statistiques, des références d'initié concernant tous les domaines de l'industrie, de l'artillerie, de l'agroalimentaire, des loisirs et des arts plastiques. Ayant décidé, ce 25 mai 1942, d'inspecter le centre de formation du château d'Helm, il avait tout bien révisé. Entendez : l'historique et les différentes méthodes du dressage canin. Car c'est naturellement par l'aile nord que, flanqué de sa garde rapprochée, il avait choisi de commencer sa visite.

Lui qui se levait rarement avant midi, il était arrivé à onze heures trente, surexcité, à la tête d'un cortège de Mercedes immenses, quatre noires et une blanche, encadrées par des automitrailleuses. La blanche était celle de Göring. Un poème, celui-là. Vénéré patron de la Luftwaffe récemment promu par Hitler directeur de la Recherche scientifique, le gros maréchal n'aimait pas les longs trajets en voiture, mais ne se déplaçait que dans la sienne. Il était donc venu de ses chasses de Rominten à bord de son train privé, que son chauffeur suivait à vide. Au prix d'un dérèglement complet du trafic ferroviaire, la Mercedes blanche l'avait réceptionné à la gare d'Abnau pour rejoindre, à l'heure prévue, le cortège officiel du Führer. Le maréchal voyageait en compagnie de Speer, le tout récent ministre de l'Armement, soixante kilos de moins et quelques neurones en plus. Dissimulant à peine leur état de conflit chronique, ils étaient à l'époque les numéros deux ex æquo du régime. Leur présence contrainte et simultanée, ce jour-là, confirmait l'importance de notre école aux yeux du chancelier.

Nous étions disposés devant le perron en double haie d'honneur, chiens et mômes, au garde-à-vous devant la mascarade solennelle des limousines qui nous enfumaient dans le soleil de printemps. Je n'oublierai jamais la vision de ces trois maîtres du monde qui, en pleine guerre, souriaient sous les flashes en s'avançant pour serrer les pattes. L'architecte émacié et l'ogre apathique shooté à la morphine, couvert de médailles et de pierres précieuses, se maintenaient à la hauteur du dictateur aux mouvements saccadés. Laurel et Hardy encadrant Charlot.

Après avoir passé en revue les chiens, Hitler leur a adressé quelques mots en particulier, du genre : « Alors, doberman issu du croisement entre pinscher et rottweiler en 1870, quel est ton âge, voyons tes dents. » Puis il leur a présenté Blondi, une femelle berger allemand de race pure, aussi dominante que trouillarde. Et, devant nos regards médusés, il a fait disposer par son aide de camp une planche en équilibre sur une brique.

— Monte, Blondi, traverse ! a piaillé le Führer en frappant dans ses mains.

J'ai croisé le regard consterné d'Ilsa, au garde-à-vous près de Gert. C'était donc ça, la raison de cette visite officielle, l'objectif de ce présumé sauveur de l'Allemagne qui avait jadis enflammé ses espoirs d'étudiante ? Faire passer, devant les dresseurs de l'armée canine du Reich, une audition à son clébard.

Sous l'attention bienveillante des maîtres-chiens, Blondi a tourné autour du morceau de bois en aboyant pour l'intimider, puis, sur un coup de cravache affectueux de son patron, a parcouru à pas de loup un mètre cinquante, avant de détaler dès que son poids a fait basculer la planche.

— Bonne réaction de défense, *mein Führer*, a diagnostiqué Gert von Lierenbad dans un effort de diplomatie.

Le chancelier, d'un air crispé, a répondu qu'il lui confierait Blondi pour un stage de perfectionnement, si, au vu des résultats présentés, la qualité de l'enseignement lui paraissait correcte. Sous l'ordre implicite, l'exhibition a commencé.

Assis dans des fauteuils de jardin, les deux favoris, les trois conseillers scientifiques SS, un général de la Wehrmacht et la gouvernante de Blondi scrutaient les réactions du Führer, assis au premier rang à côté de l'éminence grise qui ne le lâchait pas d'une semelle : son photographe personnel Heinrich Hoffmann. Vous n'imaginez pas l'influence qu'exerçait à l'époque ce petit-bourgeois insignifiant, toujours entre deux vins, qui meublait l'univers intérieur du Führer comme il plaçait les gens dans le cadre autour de lui. Il tenait l'agenda, établissait les plans de table, arbitrait les conflits interarmées, suggérait les nominations, amorçait les disgrâces. Au gré de ses clichés, les dignitaires entraient dans le premier cercle, se retrouvaient au second plan ou bien sortaient du champ. Se méfiant de l'influence dangereuse des véritables spécialistes, Hitler lui demandait son avis sur tout, et les plus hautes sommités militaires, industrielles, scientifiques en étaient réduites à faire le siège du photographe pour lui confier leurs doléances, leurs projets, leurs problèmes. Il n'y entendait rien, et les transmettait ou non selon son humeur. Détenant le pouvoir de l'image, le seul qu'on pût exercer sur le Führer, il servait d'intermédiaire entre le décor et son modèle.

En l'occurrence, le sourire bonasse qu'affichait le pochetron en mitraillant les exploits des soldats-chiens était de bon augure pour l'avenir de l'école. Notamment lors de la démonstration du BWR, un système de mine magnétique fixée sur un harnais équipé d'un Velcro, cette toute récente invention qui permettait au chien de s'enfuir avant l'explosion du char qu'il avait piégé.

Les applaudissements du Führer ont déclenché l'ovation générale. Mais l'enthousiasme est retombé très vite, dès que les surdoués de la gent canine ont cédé la place à leurs homologues humains. Visiblement mal à l'aise avec les enfants et les adolescents, Hitler, une fiche à la main, s'est contenté de glisser à quelques élus une information botanique, mathématique ou bactérienne, pour bien montrer qu'il possédait leur sujet, puis il a stoppé devant moi quand le colonel Grübblick, d'une voix fière, lui a donné mes références :

— David Rosfeld, jeune physicien nucléaire, qui aura l'honneur de vous exposer ses travaux prometteurs sur l'arme atomique.

Le moustachu névropathe a reculé d'un pas, m'a toisé comme si j'étais un gamin piégé qui allait le faire sauter avec sa bombe à Velcro.

— Un juif, lui ? a-t-il glapi avec une méfiance instinctive. Il n'a pas du tout l'air juif ! Vérifiez !

J'allais produire mon faux passeport, lorsque le regard d'Ilsa m'a figé net. Un petit voûté est sorti du rang des courtisans, en prenant dans la poche de son imperméable en cuir un décamètre pliant et un pied à coulisse. Après m'avoir rapidement mesuré le visage sous toutes les coutures et ouvert la braguette, il s'est retourné vers Hitler, tout heureux de pouvoir lui confirmer son intuition :

— Il n'est pas juif, *mein Führer.* Du moins, il ne l'est pas de manière pure.

Le dernier mot a fait s'esclaffer la cour. Hitler a stoppé les rires d'un geste sec. Dans le domaine de l'humour également, il entendait être le meilleur spécialiste.

— C'est un imposteur, alors ? a-t-il lancé en direction de Grübblick qui était devenu livide. Se faire passer pour un juif au cœur du IIIe Reich, vous êtes sûr que c'est la preuve d'une intelligence surdouée ?

Les rires ont éclaté, trois fois plus fort. Je me suis appliqué à sourire d'un air naturel, comme s'il était question d'un autre, tandis qu'une sueur glacée inondait l'uniforme des Jeunesses hitlériennes qu'on nous avait fait revêtir pour ne pas dépayser notre invité.

— Il y a deux possibilités, s'est-il rengorgé en rejetant sa casquette en arrière. Ou bien c'est un Aryen indûment adopté par ces porcs d'israélites, ou bien c'est un demi-juif dont la part allemande a glorieusement régénéré le physique ! Je parie sur la deuxième possibilité. Voyons si les chiens me donnent raison.

À cet instant, mon sort s'est joué dans un regard échangé entre Ilsa et Gert. De toute évidence, le plus grand danger que je courais était de faire perdre à Hitler son pari. L'air impassible, ils m'ont conduit dans une salle où, derrière une glace sans tain, ils m'ont fait asseoir parmi douze comédiens aryens grimés en caricatures de juifs. Rolf, le dogue censé identifier les races à l'odeur, est entré, a flairé chacun de nous, et s'est arrêté devant moi en aboyant.

Un mot du maître-chien l'a stoppé avant qu'il me saute à la gorge. Gert m'avait attribué la chaise numéro 9, enduite d'un parfum qui déclenchait l'attaque du molosse dressé à cet effet. C'est cette prestation bidon qui avait valu à l'école, sur dossier, la subvention initiale décidée par Hitler.

En ressortant dans le parc pour la démonstration suivante, un exercice de télépathie entre un chien-espion et son officier traitant, le Führer jubilait :

— Bien sûr que c'est un juif, car à quoi s'intéresse-t-il ? À la physique nucléaire ! Heinrich, répétez-nous ce que Philipp Lenard, le grand Philipp Lenard, *notre* prix Nobel, vous a dit de la physique nucléaire !

Devenu point de mire, le petit photographe couperosé a fermé les yeux pour retrouver la citation du père des rayons cathodiques qui, avant de sombrer en 1918 dans l'antisémitisme hystérique, avait reçu avec ferveur Einstein à l'Académie de Berlin :

— « La physique nucléaire, comme la théorie de la relativité, exerce une influence pernicieuse sur l'Allemagne. Ce n'est pas de la science pure, c'est de la physique juive ! »

Le Führer a promené le plat de sa main devant l'assistance pour souligner la clairvoyance de son Nobel aryen, avant de se retourner vers moi et d'éructer en me criblant de postillons :

— Tu sais faire une bombe atomique sans physique nucléaire ? Non ! Tu ne sers à rien ! L'atome n'a aucun avenir, comme les juifs ! Ce sont mes fusées V2 qui gagneront la guerre ! N'est-ce pas, Speer ?

L'architecte en charge de l'Armement a écarté les mains, se contentant de ponctuer une certitude que rien ne lui permettait encore de partager. Hésitant à réveiller le maréchal Göring pour obtenir des flagorneries plus franches, Hitler a conclu en pivotant vers Gert :

— Allons faire déjeuner les chiens ! Blondi ne mange qu'avec moi quand nous sommes à Rastenburg, ça lui fera du bien d'être en compagnie. *Reichsmarschall !*

Göring s'est ébroué, s'extrayant pesamment de son fauteuil avec une raideur chaloupée d'hippopotame. Et on les a vus s'éloigner en direction des dépendances. Seul Speer est resté en arrière, invitant du menton Ilsa à marcher avec lui sur le chemin du chenil, tandis qu'on nous rentrait pour notre propre repas.

Autour de la table, aucun des élèves ne se faisait d'illusions. Menton dans la gorge, on regardait nos ridicules cravates à baudrier de Jeunesses hitlériennes. Ils nous avaient même glissé un poignard dans le ceinturon, marqué *Blut und Ehre*, « Sang et Honneur », au cas où l'on voudrait s'ouvrir les veines pour ne plus faire tache. On sentait bien que, dans ce monde de brutes fanatiques où le sang versé donnait de l'honneur, c'en était fini des galaxies, des plantes à musique, des pattes de grenouille régénérées et de l'intelligence initiale qui avait organisé la vie sur Terre. On aurait voulu être des chiens pour avoir un avenir.

*

Les Mercedes sont reparties à six heures du soir, escortées par celle de Gert qui n'avait rien de commun avec les colossales bennes blindées à angles droits qui transportaient Hitler et sa clique. C'était un cabriolet *Spezial Roadster* 540 K dont les courbes fluides et sensuelles avaient déclenché l'admiration du Führer – ce qui n'était pas forcément bon signe. Il avait péroré longuement sur l'ambiguïté du *K* chez Mercedes, lequel signifiait *Kurz* dans le cas des SSK, et *Kompressor* lorsqu'il était accolé au matricule 540. Avec l'impatience constipée qu'il affichait lorsqu'il maniait l'ironie, il avait conclu que Grübblick possédait une version raccourcie à son image, et Lierenbad un modèle plus divertissant mais peut-être moins fiable.

Quoi qu'il en soit, il était ravi de son inspection. Il exigeait la livraison sous huit jours d'un commando Velcro pour le front russe, et le triplement des effectifs à l'entraînement. Dans l'Allemagne entière et les territoires occupés, les SS recevraient mission de réquisitionner tous les chiens supposés aptes au combat antichars. En outre, il avait résolu de confier Blondi à Gert pour un stage d'obéissance d'une semaine.

Le seul moment d'humanité qui ait marqué cette journée, c'est lorsque la pauvre bête, couinant de chagrin, s'est couchée devant les roues de son maître, pour l'empêcher de partir sans elle. Ému, Hitler lui a ouvert sa portière.

Trois ans plus tard, assiégé dans son bunker, c'est sur Blondi qu'il testera le poison de son suicide. Son ultime victime était sans doute le seul être vivant qu'il eût vraiment aimé.

*

La nuit même, Ilsa et Gert investissent ma cabane. Jamais je ne leur ai vu un air aussi soucieux. Aussi confiant, en même temps.

— J'ai parlé avec Speer, attaque Ilsa. Les travaux d'Heisenberg sur la fission nucléaire sont toujours au point mort, par manque de crédits. Et jamais Göring, en tant que patron de la Recherche scientifique, ne développera un projet qui n'a pas les faveurs du Führer.

— Tout ce qui intéresse le maréchal en ce moment, appuie Gert, à part vider les musées français pour décorer sa maison, c'est de tripler la production ferroviaire. Et, comme nous manquons d'acier, il a ordonné de construire des locomotives en béton. Voilà où nous en sommes.

— Tous les crédits vont à von Braun pour les V2, renchérit Ilsa. Quant à notre stock d'uranium, les mille deux cents tonnes saisies en Belgique, Speer l'utilise d'ores et déjà pour produire des munitions à usage immédiat. Bref, l'Allemagne renonce à la bombe atomique.

— Et c'est là que tu interviens, me dit Gert.

— Tu ne peux plus rester ici, m'explique Ilsa. Grübblick a perdu la face en public à cause de toi : dès demain il te fera déporter…

— Les Américains nous croient beaucoup plus avancés que nous le sommes, l'interrompt Gert. Ça fait trois ans qu'ils mettent au point l'arme nucléaire : elle sera opérationnelle d'ici quelques mois, d'après mes sources, et ils n'hésiteront pas à s'en servir les premiers. Personne n'est en mesure de stopper leur Projet Manhattan – sauf celui qui en est l'instigateur : Albert Einstein.

— Si tu réussis à le convaincre que nous renonçons à la bombe, il mettra tout son poids dans la balance pour sauver l'Allemagne de la destruction atomique.

— Moi ?

J'ai parlé si bas qu'ils n'ont pas entendu.

— Tu es le seul à pouvoir gagner sa confiance, enchaîne Ilsa. Il a travaillé avec Yael Rosfeld jusqu'aux premiers mois de sa grossesse, et j'ai été son étudiante. Je te donnerai tous les documents nécessaires pour qu'il n'ait aucun doute sur ton identité. En plus, tu fais du violon et de la voile.

C'est là que je comprends que, dès mes premières semaines au château, Ilsa et Gert m'ont programmé à terme pour cette mission. Sans détour, ils m'exposent la situation et l'objectif qu'ils se sont fixé. Hitler a engagé l'Allemagne dans une voie suicidaire qui lui a aliéné une grande partie de l'état-major. Le haut commandement est de plus en plus persuadé de perdre la guerre contre les Russes, depuis que le Führer a décidé de la diriger lui-même par téléphone, en direct de son QG de Rastenburg, n'écoutant ni les chefs militaires autour de lui ni ceux qui lui expliquent, depuis le front, les pertes inutiles, l'épuisement des troupes, les défaillances techniques, le fossé gigantesque entre la stratégie imposée à distance et les réalités du terrain. Face au désastre redouté d'une défaite à Stalingrad, de nombreux généraux, sous la houlette de Stauffenberg et Witzleben, pensent que la seule chance de l'Allemagne est de s'allier avec l'Amérique et l'Angleterre contre la menace soviétique.

Mais pour cela, il faut d'urgence éliminer Hitler. Une dizaine d'attentats ont déjà échoué, comme celui prévu quelques jours plus tôt à Paris : le Führer devait être abattu sur la tribune officielle, place de la Concorde, lors d'un défilé militaire. Il s'est décommandé à la dernière minute. Aujourd'hui encore, une embuscade était prévue sur la route entre Helm et Kronnsburg, mais Hitler a brusquement décidé de rentrer par le train de Göring.

— Nous allons arriver à nos fins, me certifie Gert avec une ardeur contenue. Si tout se passe comme je l'espère, mon cousin Stauffenberg dirigera sous peu le gouvernement provisoire, et Witzleben prendra la tête de la Wehrmacht pour supprimer les SS. Mais dans l'immédiat, David, c'est à toi de sauver l'Allemagne.

Et Ilsa conclut :

— Tu pars demain pour les États-Unis.

Sonné par le flot de révélations et de bouleversements qui déferle sur moi, je ne trouve qu'une chose à lui répondre :

— Seul ?

Mon cri du cœur fait venir sur ses lèvres un petit sourire, dérisoire et triste, qu'elle tourne vers Gert sans même m'en faire l'aumône. Le ton rassurant, il m'informe que, pour la commodité du transport, il m'a incorporé dans un commando de l'Abwehr. L'amiral Canaris, chef des services secrets, fait partie du complot contre Hitler et vient d'appuyer sans réserve leur initiative. Il a même avancé d'une semaine le départ dudit commando, face à l'urgence de ma mission. Les bras m'en tombent. Me voici agent double au service de l'Allemagne post-nazie.

— Un avion te déposera en France, au port de Lorient, où tu embarqueras à destination de Long Island.

Devant mon air atterré, Ilsa lance d'un ton ferme :

— De toute manière, c'est ça ou la douche au gaz.

Quelques instants plus tard, regrettant sans doute sa brutalité, elle ajoute pour se justifier dans un sourire :

— L'occasion était trop belle.

C'est cette phrase-là qui me déchire. L'occasion « trop belle », c'eût été de m'expatrier avec elle. L'a-t-elle envisagé ? Je le crois, ne serait-ce que pour y renoncer aussitôt. En tout cas, c'est ce que je lis dans ses yeux, à la lueur vacillante de ma lampe à pétrole qui commence à charbonner.

Je ne sais pas si vous me croirez, Marianne, pourtant ce que je vais vous dire est d'une sincérité totale. J'ai eu une vie magnifique aux États-Unis, mais dans mon cœur elle n'a jamais compté comme celle que j'aurais pu vivre avec Ilsa. Si elle avait choisi de venir avec moi. Au lieu de l'attentat manqué, au lieu du camp de Mauthausen... Le temps d'être en âge de l'aimer au grand jour, je l'aurais aidée à recréer son école en Amérique. Je serais devenu un second Gert. Elle aurait fini par m'épouser, me donner un enfant... J'ai aimé des femmes merveilleuses, Marianne, mais sa place est toujours restée libre.

Que vient faire cette question ? Je vous dérange lorsque je parle d'amour, c'est ça ? Vous êtes davantage dans votre élément quand je me cantonne aux drames et aux magouilles. Votre métier qui déteint. Je vais vous répondre, d'accord. Je vais vous expliquer pourquoi le maréchal Göring a été si virulent contre elle au procès de Nuremberg. D'abord pour une raison pratique : il avait retrouvé tout son tonus d'avant-guerre, grâce à la cure de désintox que les Américains lui avaient offerte en prison. L'effondrement du Reich, vous savez, devait beaucoup à la morphine. Le prestige considérable dont jouissait le *Reichsmarschall* auprès des Allemands n'avait pas résisté à sa dépendance, à cette alternance d'euphorie délirante, d'apathie en public et de cupidité obsessionnelle qui le coupait des réalités. Mais surtout, s'il a imputé à Ilsa le massacre des enfants d'Helm avec une telle conviction indignée, un accent de sincérité si fort qu'il a circonvenu les juges, la presse et vous-même, c'est qu'à ses yeux elle avait commis l'irréparable.

Le jour de l'inspection, après le déjeuner, elle l'avait trouvé dans la chambre d'Aloïs, le calculateur prodige qui s'efforçait pieusement d'être obèse pour cultiver la ressemblance. Assis sur le lit dans la pose extatique d'une Madone de Raphaël, l'ogre du Reich tenait sur ses genoux son petit sosie tétanisé, le comprimant comme s'il voulait broyer sa propre image. Elle le lui a arraché des mains, avec une si grande violence qu'il est tombé à la renverse dans son uniforme blanc. Incapable de se relever tout seul, il gigotait dans le vide tel un gros scarabée sur le dos. Avant d'appeler son aide de camp, elle est restée un long moment immobile à le fixer. Elle l'a euthanasié du regard. Le seul regard qui pouvait avoir un effet sur lui. Le regard d'une fille de général mort au combat en 39, héros de la Luftwaffe comme lui-même l'avait été autrefois. Le regard de l'admiration révolue face à la déchéance. Il n'a jamais pardonné.

Nos adieux ? Un simple baiser papillon sur la bouche, à minuit, tandis que Gert nous tourne le dos pour effectuer un réglage de compression dans son moteur. Elle me dit qu'elle compte sur moi. Je lui murmure que je l'aime pour toujours. Elle me répond :

— Prends soin de toi. Et prouve l'existence du boson. On se retrouvera un jour, après la guerre.

Je promets. Comme j'ai promis au marchand de glaces d'être utile et heureux. Je n'emporte que *Le Secret des Atomes* et sa lettre pour Einstein, que j'ouvrirai pendant le voyage. Si je l'avais lue sur le moment, là, devant elle, je n'aurais jamais eu la force de partir. Ce qu'elle a écrit sur moi, Marianne, est encore plus beau que l'aveu qui lui a échappé quand nous faisions l'amour. La froideur du recul, au moment où elle a rédigé ce « mot de recommandation », donne à la passion impossible qu'elle exprime entre les lignes une ampleur, une densité qui vont me ravager durant toute la traversée de l'Atlantique.

— C'est l'heure ! décide Gert en nous séparant avec douceur.

Malgré le chagrin qui me broie les tripes, l'heure de route avec lui dans son incroyable *Roadster* est un de mes souvenirs les plus beaux. Il me décrit l'Allemagne de demain, celle qui verra le jour dès qu'ils auront expédié Hitler en enfer. Celle dont je serai l'ambassadeur auprès d'Einstein. Une Allemagne visionnaire, fédératrice, exactement celle qui est devenue aujourd'hui la garante de l'Europe. Il omet simplement dans son rêve prémonitoire le Mur de Berlin et la Guerre froide. Et puis il me raconte l'Amérique dont il ne connaît que le jazz, Mae West et Charlie Chaplin. « Tu seras chez toi, m'assure-t-il. Tu les mettras dans ta poche comme tu l'as fait avec nous. » Lui qui ne m'a presque pas adressé la parole en dix-sept mois, voilà qu'il se découvre au moment où nos chemins se séparent. Il me dit combien il m'admire, depuis qu'Ilsa lui a confié la vérité sur mes origines. Il s'identifie. Lui aussi est un affabulateur de génie. Pour sauver son château de famille qu'il n'aurait jamais eu les moyens d'entretenir, il a extorqué à Hitler des subventions faramineuses en lui faisant croire aux pouvoirs surhumains des chiens. Et, d'une pierre deux coups, il a pu offrir à Ilsa l'école de ses rêves. Ils auront vécu leur amour sur le dos de ce Führer qu'ils s'apprêtent à éliminer, et ce sera tout bénéfice pour l'Allemagne comme pour eux. Mais cela, il me déconseille d'en parler à Einstein. Il va se refaire une virginité politique. Il compte bien être ministre des Sports dans le futur gouvernement Stauffenberg.

D'une voix plus grave, il enchaîne en accélérant dans une ligne droite :

— Si les Américains te disent que tous les Allemands sont des nazis, David… Voici ta réponse.

Et il me raconte ce qu'il a vécu la veille au soir, quand il a raccompagné les dirigeants du Reich à la gare d'Abnau. Hitler, qui ne jure plus que par les chiens d'Helm, l'invite à monter dans le train privé. Pour complaire à son maître, Göring lui fait visiter ses wagons Pullman décorés de Rembrandt et de Rubens, d'Aubusson et de peaux d'ours. Une débauche de luxe et de mauvais goût insensé, lumières tamisées et tentures rouges ; un vrai bordel sur rails. Et il le convie au festin qu'il donne avant le départ. Vasques de caviar, bassines de foie gras, faisans parés de leurs plumes, délices de légumes italiens et de truffes du Périgord pour le Führer qui est végétarien.

Au beau milieu de leurs agapes, un train de marchandises à claire-voie s'arrête sur le quai voisin. C'est un régiment qui revient du front de l'Est. En charpie, estropiés, affamés, les soldats contemplent cette hallucination dans le wagon d'en face. Ils reconnaissent leurs commandants en chef, les deux idoles pour qui ils sont allés braver la mort dans l'enfer russe. Hitler et Göring, la bouche pleine, croisent leurs yeux hagards. D'un claquement de doigts, Hitler fait fermer les rideaux.

— Je vais tuer cette ordure, mais il faut que l'Amérique laisse une chance aux Allemands. À toi de jouer, mon vieux.

J'ai adoré cet homme, Marianne. Ce grand blond fantasque, artificieux et loyal à qui je me serai efforcé de ressembler toute ma vie, combinant son aura masculine avec l'influence intérieure du petit marchand de glaces. Je l'ai adoré en secret, sur mon tabouret de piano, en émule clandestin de son brio sexuel, bien avant qu'il m'offre de manière si soudaine, à cent cinquante à l'heure, ce pied d'égalité dans son bolide sublime.

En arrêtant la Mercedes sur le tarmac de la base militaire d'Uhrwald, il m'a fixé un long moment. Il y avait dans ses yeux un mélange assez curieux de devoir accompli, de rancune et d'admiration narquoise. Il m'a dit avec une voix très neutre :

— Tu peux être fier : tu es le seul homme qui m'aura fait de l'ombre. Le seul avec qui j'aurai partagé Ilsa. Mais tu vois, je ne le regrette pas.

Il m'a tendu une main franche, que j'ai serrée aussi fort que j'ai pu. On l'a pendu trois semaines plus tard, au QG de Rastenburg, après qu'il eut tenté de faire sauter Hitler avec ses chiens Velcro.

Un camion frigorifique. C'était prévisible, Marianne ; ils n'allaient tout de même pas restaurer le chalet *Eiszeit* à l'identique, mettre aux normes européennes le compresseur et les bacs d'origine, dans le seul but de pouvoir apposer une plaque commémorative : *Ici fut assassinée par la Gestapo en 1940 la physicienne Yael Rosfeld.* Cette ville ne peut pas non plus vivre entièrement dans le passé. *Häagen-Dazs*, c'est plus simple.

Venez, redescendons. Il est temps d'aller affronter ce qu'Ilsa peut encore nous apprendre sur elle. Comment l'imaginez-vous, son appartement ? Une chose après l'autre, d'accord. Au fait, je ne vous ai pas demandé si vous vouliez une glace. Ce n'est pas un regret, c'est une constatation. Je commence à adopter votre point de vue, Marianne. Tout ce qui est bon fait mal, à plus ou moins long terme, vous avez raison. Cela dit, les blessures du bonheur ont été chez moi un excellent conservateur. Ce qui nous amène à la question qui me hante depuis que j'ai reçu l'alerte info sur mon ordinateur. Qu'est devenue Ilsa, pendant plus d'un demi-siècle ? Après la déportation, après les horreurs qu'on lui a collées sur le dos à Nuremberg, je me demande vraiment ce qui a pu la faire *tenir* jusqu'à cent ans.

*

Mon voyage vers l'Amérique ? Il va vous paraître incroyable, mais je n'invente rien : il est resté dans l'Histoire sous le nom d'« Opération Pastorius ». Dès que la Mercedes de Gert a quitté la base militaire, des mécanos aux allures de tortionnaires me font monter dans une espèce de bétaillère volante où ils m'accrochent de dos à la carlingue par un harnais. Vibrations, turbulences, vomissements, défense antiaérienne de la France occupée qui prend le Messerschmitt pour un Spitfire, et j'en passe. Mais ce n'est rien à côté de ce qui m'attend à Lorient.

Dès l'atterrissage, on me conduit en camion bâché jusqu'au port, où l'on m'entrepose dans les docks pendant six heures. Puis les quatre agents secrets de l'Abwehr me réceptionnent. Ils partent en opération de sabotage dans la région de New York, m'annoncent-ils avec une arrogance bruyante. La date et le lieu du débarquement ont été modifiés à cause de moi, ce qui paraît leur poser un sérieux problème d'ego. Je les amadoue en minorant l'importance de ma propre mission : je ne fais que porter une lettre à un vieil émigré juif. Rassérénés, ils m'offrent une bière dans un bar à matelots en disant qu'ils prendront soin de moi pendant la traversée. Je me vois déjà embarquer à bord d'un de ces transatlantiques somptueux qui me faisaient rêver, aux actualités de la *Deutsche Wochenschau*. Le *Normandie*, l'*Imperator*, le *Queen Mary*… Mais c'est un sous-marin qui nous attend.

Treize jours d'horreur, confinés tête-bêche au fond d'une boîte à sardines. Je marine dans la touffeur et le vacarme d'un *U-Boot* exigu, les poumons saturés d'oxygène avarié, cerné par les bavardages, les ronflements, les crises d'angoisse et les pets de quatre bourrins qui se racontent leur guerre, leurs petites combines, leurs bons gueuletons, leurs coups de queue et leur vision de l'Europe, tout en ressassant les ravages qu'ils vont opérer sur le sol américain. Treize jours qui me rendront définitivement claustrophobe et hétérosexuel.

Qui avait eu l'idée d'engager ces bras cassés ? Ils n'ont aucune expérience dans les services secrets, et deux d'entre eux ne sont même pas militaires. On dirait des touristes en goguette ayant gagné un stage de terrorisme en milieu inconnu. Tout le temps de notre immersion dans l'océan, je me dis que nous sommes une mission-suicide. Pire : un cadeau amical envoyé par les antinazis de l'Abwehr à l'US Navy. Quatre apprentis saboteurs et un atomiste en herbe livrés clé en main dès leur débarquement sur la côte Est, en gage de bonne volonté, pour marquer le retour de la future Allemagne dans le concert des Nations. Nous serons les dernières fausses notes, le dernier couac d'Hitler. Je me répète, la rage au ventre, que Gert m'a roulé dans la farine avec ses beaux discours, et qu'au final il a trouvé la plus machiavélique des façons de se débarrasser d'un rival amoureux.

Plus les quatre zozos me voient inquiet, plus ils me rassurent sur leurs compétences d'artificiers, et plus je panique. L'entraînement qu'ils ont suivi est vraiment ce qu'on appelle une formation accélérée : des cours de civilisation américaine à l'École de sabotage de Berlin, quelques travaux pratiques en atelier de mise à feu et des visites guidées dans une usine d'aluminium, une gare de triage et une centrale hydraulique, histoire de se familiariser avec le genre de sites qu'ils sont appelés à détruire en Amérique. Pour ce faire, les caissons entreposés autour de nous regorgent de gadgets miniaturisés : capsules explosives, stylos-détonateurs, échantillons de shampooing à la nitroglycérine, ampoules d'acide étiquetées « vitamine C »… James Bond à la sauce tyrolienne.

Ils ont mémorisé leurs cibles et, cent fois par jour, ils se récitent les plans des différents lieux pour ne pas les oublier ni les confondre.

— Tu nous fais réviser, Rosfeld ?

Je suis l'intellectuel du bord. Je suis leur bon juif. Après l'hostilité initiale et les railleries d'usage, ils se sont mis à apprécier ma compagnie. Un peu trop, même, en ce qui concerne mon gisant de gauche, un démineur sélectionné pour ses doigts de fée. Pendant mon sommeil, *Le Secret des Atomes* me sert de protège-sexe.

Ça y est, il pleut. Mettez ma veste, Marianne. Si, si, je ne risque rien. Quelles que soient les intempéries, à Princeton, je roule depuis plus d'un demi-siècle dans un cabriolet sans vitres ni capote : je ne m'enrhume jamais. En revanche, nous devrions presser le pas : je n'ai pas refermé le toit de l'Audi. J'ai l'habitude des bains de siège au volant, mais ce serait dommage pour votre tailleur. C'est du coton qui rétrécit, j'imagine. Du coton équitable.

Aïe ! votre talon. Je vous avais dit que je ne les sentais pas, ces pavés. Il y a un magasin de chaussures un peu plus bas, nous sommes passés devant tout à l'heure. Prenez mon bras.

*

Une Porsche 356 de 1954. Ne me dites pas que vous vous intéressez aux voitures. Bien vu. C'est en effet un cadeau d'Einstein, pour ma soutenance de thèse. J'y arrive. Je sais bien que vous attendez ma rencontre avec lui. Ce vieux fripon a toujours fasciné les femmes. À plus de soixante-dix ans, il utilisait encore mes services d'entremetteur. À la fois recruteur, goûteur, préparateur – et repoussoir, lorsqu'il avait fait le tour de la personne. De préférence mannequin, chanteuse ou actrice. C'est ainsi que j'ai rencontré ma femme, oui. Bravo. Vous êtes décidément très forte, Marianne. Et assez ouverte, je trouve, dès qu'on s'éloigne de la période nazie...

Mon arrivée sur Long Island, d'accord. Sans me vanter, elle est à la hauteur de mes cauchemars. Pas de comité d'accueil à fusils-mitrailleurs, non, mais une initiative assez particulière de notre chef de groupe, l'ineffable Georg Dasch. Tandis que nous remontons à la surface, il ouvre une caisse avec l'air de nous faire une bonne surprise : des uniformes allemands, qu'il nous enjoint d'endosser pour fouler le sol américain. Une consigne expresse de l'amiral Canaris, paraît-il. Afin que nous puissions bénéficier, en cas d'arrestation, du traitement réservé aux prisonniers de guerre, avec Convention de Genève et tout, au lieu d'être pris comme de simples espions fusillables à merci.

Le débarquement sur la plage d'Amagansett se déroule sans encombre, à minuit dix, sous une pleine lune qui nous permet d'enterrer dans le sable, sans utiliser nos lampes torches, les caissons d'explosifs et les uniformes de la Wehrmacht qui auront servi dix minutes. Nous venons à peine de reboucher les trous quand arrive un officier des gardes-côtes en patrouille sur le rivage. Il n'est pas armé, mais plutôt soupçonneux.

— *Hi !* fait Georg Dasch qui a suivi une formation linguistique.

Afin de le rassurer, il lui confie que nous faisons de la contrebande de cigarettes, et lui offre un généreux pot-de-vin que l'autre accepte avant de s'en aller, sans doute pour endormir notre méfiance. Mais ce n'est pas lui qui donnera l'alerte. C'est Georg Dasch lui-même qui, dès le lendemain, dans un accès de folie soudaine ou de lucidité tardive, contacte le bureau new-yorkais du FBI pour livrer son équipe en échange de son immunité. Il obtiendra une peine de trente ans, tandis que les trois autres saboteurs en puissance seront exécutés le 8 août. Je ne l'apprendrai qu'à la fin de la guerre.

Une heure après notre débarquement, je m'étais séparé du groupe pour gagner à pied la résidence du Dr Moore, une maisonnette au bord de l'eau que louait Einstein pour ses vacances sur Long Island. Les indications que m'avait fournies Gert étaient assez approximatives, comme les rudiments de conversation courante que j'avais appris durant le voyage, mon anglais se bornant à la littérature scientifique. Heureusement, dans le *coffee shop* où je me suis réfugié à sept heures du matin, tous les pêcheurs connaissaient le vieux moustachu mal rasé, attifé comme un clochard, qui fonçait dans leurs lignes avec son petit dériveur merdique.

Je ne saurai jamais pourquoi Dasch ne m'a pas dénoncé. Par pitié pour mon jeune âge, peut-être. Ou parce que mon rôle de simple facteur ne lui paraissait pas digne d'alimenter une remise de peine. Sans compter qu'une délation à caractère antisémite, dans l'Amérique de 1942, n'était pas forcément la meilleure des circonstances atténuantes.

Je préférais les premières. Les bottines marron à lacets blancs. C'était davantage votre style. Vous pouvez me faire confiance : j'ai un goût très sûr et beaucoup de pratique. Lorsque ma femme s'est retrouvée en fauteuil, elle a développé une passion compulsive pour les chaussures. Nous avons passé des centaines d'heures dans les magasins.

La manière dont j'ai abordé Albert ? C'est le mot, oui. Un abordage. Il est sorti de chez lui en milieu de matinée, la pipe vissée aux lèvres, tignasse en bataille, pull informe, pantalon de toile roulé au-dessus des mollets, espadrilles dépareillées, une rouge, une bleue. Il avait soixante-trois ans, il en paraissait vingt de plus, et dix de moins dès qu'il était sur l'eau.

En planque derrière la haie, je l'ai vu embarquer à bord du *Tinef*. Un tout petit voilier écaillé dont le nom signifiait « sans valeur » en yiddish. Ilsa avait raison : c'était un marin calamiteux qui se retrouvait constamment à contrevent parce qu'il lâchait la barre pour rallumer sa pipe ou prendre une note. Ce matin-là, il y avait davantage de houle que de vent, et il tirait des bords en zigzag le long du rivage, les jambes croisées, griffonnant sur un carton à dessin.

Je n'avais pas d'autre plan que les conseils donnés par Ilsa : créer le contact d'une manière percutante, pour l'impliquer immédiatement ou le rendre redevable, sans quoi sa distraction, ses travaux en cours, son besoin d'incognito et la combustion de son tabac excluaient qu'il s'intéresse à un inconnu. Elle-même, s'il l'avait remarquée en tant qu'étudiante, c'était parce qu'il avait mis le feu à ses cheveux en se penchant pour voir comment elle résolvait une équation.

Je me suis déshabillé, j'ai plié mes vêtements sous mon sac à dos, et je me suis jeté à l'eau. Objectif : paraître en difficulté pour qu'il me porte secours. C'était la première fois que je buvais la tasse avec de l'eau de mer, et je n'ai pas eu besoin de me forcer pour être crédible. Sauf qu'il a fallu tenir plus longtemps que prévu.

Quand Albert a fini par détecter mes gesticulations, il a viré de bord en essayant de mettre le cap sur moi. J'ai dû prolonger mon début de noyade à la limite du ridicule, le temps qu'il parvienne, après trois allers-retours à deux encablures de distance, à rapprocher son rafiot en me criant de tenir bon. Le coup de coque sur ma tête a failli donner à mon agonie la vraisemblance qui lui manquait. Il s'est penché par-dessus bord pour me saisir aux épaules. En jurant dans une langue inconnue avec un accent aussi guttural que traînant – le swiss-yiddish, comme il l'appelait pour se démarquer de l'allemand qu'il avait pris en grippe depuis 1933 –, il a tenté de me hisser à bord. Ça l'a fait tomber à l'eau et, du coup, c'est moi qui ai dû l'empêcher de couler.

Non, il ne savait pas nager. Mais, par prudence, il refusait le port du gilet de sauvetage. Il est impossible de pénétrer vraiment la pensée d'Einstein, Marianne, si l'on ne prend pas en compte ce genre de paramètre. Le principe d'imprévoyance, chez lui, était l'aboutissement d'une logique : si l'on envisage la possibilité de se noyer, on en augmente le risque. On peut aussi apprendre à nager, oui, bien sûr. Mais pour un homme tel que lui, c'eût été aussi contre nature que d'étudier le solfège avant de jouer du violon, d'effectuer des calculs sans deviner le résultat, ou de mettre des chaussettes qui, en faisant des plis dans ses chaussures, lui auraient provoqué des ampoules. Le génie d'Einstein peut se définir ainsi, Marianne : une somme de raccourcis créant de la cohérence.

Bref, pour une prise de contact percutante, j'étais servi. J'ai réussi à le ramener sur le rivage en maintenant son menton hors de l'eau, malgré sa quinte de toux et le poids de son pull en laine. J'ai beau être costaud de naissance, je me demande encore comment j'ai pu résister à sa force d'inertie. Et trouver assez d'énergie pour retourner chercher son *Tinef* et l'amarrer au ponton avant qu'il ne s'échoue.

Écroulés dans le sable, on s'est confondus, lui en remerciements, moi en excuses – ce qui l'a aussitôt refroidi. J'avais prononcé *Entschuldigung* avec un accent qui ne trompait pas. Je me suis empressé de préciser que j'étais un juif sorti clandestinement d'Allemagne. Un quart de seconde m'a suffi pour voir dans son œil qu'il ne me croyait pas. J'étais dans le ton, pourtant, je me sentais authentique. J'avais appris avec Ilsa que le plus haut degré de la vérité, pour un affabulateur, c'est la justesse. Mais quelque chose clochait : ma sincérité se retournait contre moi. Ce n'était pas une question d'apparence. Beaucoup de juifs, n'en déplaise à Hitler, avaient l'air plus aryens que lui, et je faisais bien moins jeune que mon âge. Non, je percevais chez Einstein une fatalité qui débordait mon cadre.

— Encore un, a-t-il soupiré.

J'ai demandé :

— Un quoi ?

— Un piège. Hoover ne sait vraiment plus quoi inventer. La pédophilie, maintenant !

Sans tenter de me défendre contre une suspicion à laquelle on ne m'avait pas préparé, je me suis précipité vers mon sac. Je l'avais laissé trop près de l'eau, et les vagues avaient détrempé ma lettre de recommandation et mon passeport. J'ai pris ça comme un signe. Je suis revenu vers le vieux naufragé qui reprenait difficilement son souffle, assis en boule dans le sable, et je lui ai dit la vérité sur mon entrée aux États-Unis. Pas de manière assez claire, sans doute, vu la synthèse qu'il en a tirée sur un ton de fatigue résignée :

— Encore mieux ! Il n'arrive pas à prouver que je suis un agent de Moscou, alors il m'envoie un faux juif pour faire croire que je suis de mèche avec les nazis.

J'ai rectifié aussitôt :

— Avec les antinazis. Je suis venu vous dire qu'ils sont en train de tuer Hitler et que l'Allemagne va s'allier avec l'Amérique, alors il faut stopper le Projet Manhattan.

— Le quoi ?

Je me suis dit qu'il avait les oreilles bouchées par l'eau de mer. J'ai vérifié qu'il n'y avait personne alentour, et j'ai répété plus fort :

— Le Projet Manhattan.

— Qu'est-ce que c'est ?

J'ai marqué un temps. D'abord j'ai cru qu'il se foutait de moi, qu'il jouait les saintes-nitouches dans un réflexe de légitime méfiance – après tout, c'était un Secret défense, pas vraiment le genre de sujet qu'on aborde avec un inconnu sur une plage. Mais quand je lui ai déclaré, sur un ton rassurant, que je savais tout sur sa bombe atomique prête à détruire l'Allemagne, et qu'il était donc inutile de feindre l'étonnement, je me suis rendu compte qu'il ne feignait rien du tout. Un homme d'une telle intelligence peut difficilement prendre un air aussi abruti sans être sincère.

— Quelle bombe atomique ?

C'est alors que j'ai découvert la vérité. L'incroyable vérité. Il n'était au courant de rien, Marianne. L'homme qui avait écrit au président Franklin Roosevelt, le 2 août 1939, pour le mettre en garde contre le projet d'arme nucléaire développé par l'Allemagne, le pacifiste qui s'était senti obligé de lancer la course à la bombe pour sauver le monde de la folie nazie, le physicien dont les travaux, à l'origine de ladite bombe, impliquaient tout naturellement qu'il en supervise la fabrication, avait été tenu à l'écart du Projet Manhattan. Pis encore : tous ses collègues et amis qui étaient de la partie, enterrés dans la base secrète de Los Alamos – Oppenheimer, Niels Bohr, Szilard, Wigner… – avaient dû jurer sur l'honneur de ne rien lui dire. Tout ça parce que le chef du FBI, le tout-puissant et tout-parano John Edgar Hoover, avait décrété qu'Einstein était un espion à la solde des Soviétiques.

En toute bonne foi, le pauvre Albert pensait que son courrier à la Maison-Blanche était resté lettre morte. Il en avait conclu que l'Amérique ne prenait pas au sérieux le danger nucléaire. Et, depuis qu'elle était entrée en guerre, il s'acquittait avec résignation et patriotisme de la seule mission que l'armée avait daigné confier au plus grand physicien du siècle : améliorer, pour le compte de la Navy, le design d'un modèle de torpilles.

Il a refusé de me croire, sur l'instant, bien sûr. C'était trop énorme. Encore un coup tordu de ce pervers d'Edgar Hoover. Mais quand j'ai cité la personne qui avait informé l'Abwehr – un sympathisant nazi de la mouvance Lindbergh, chauffeur de l'atrabilaire général Groves qui dirigeait le Projet Manhattan – il a couru dans sa bicoque passer une série de coups de fil.

Sur un ton blagueur assez peu convaincant, je l'ai entendu lancer à ses potes physiciens : « Alors comme ça, il paraît qu'on fabrique une bombe atomique dans mon dos ? » Les dénégations virulentes et gênées des membres du Projet Manhattan l'ont convaincu en cinq minutes que la vérité ne sortait que de ma bouche. Tous l'ont conjuré à mots couverts, le sachant sur écoute, de ne pas colporter ce genre de fausses rumeurs. À chacun, il a répondu en riant de plus en plus faux que c'était un agent du FBI qui, un peu bourré, avait lancé cette plaisanterie dans un dîner.

Quand son cher Niels Bohr, le partenaire de tant de querelles franches et constructives autour de la mécanique quantique, lui a raccroché au nez en niant la réalité, je l'ai vu s'effondrer sous mes yeux. Pleurer comme un môme. En Allemagne, il avait connu la trahison de ses collègues nazis, mais c'était normal : ils étaient ses ennemis. Depuis le début de son exil américain, il subissait la suspicion, la surveillance et les persécutions morales d'Edgar Hoover, mais c'était compréhensible : le patron du FBI défendait son pays. Le mensonge de ses copains, en revanche, quelles qu'en soient les raisons, il ne pouvait pas admettre. Il persistera d'ailleurs par rancune, tout au long de la guerre, à jouer les naïfs auprès d'eux. Jusqu'en 1945, Marianne, tant qu'il n'aura pas été officiellement informé du Projet Manhattan, je serai le seul à partager avec lui cette blessure.

Oui, j'avais gagné son cœur en moins d'une heure, ce matin de juin. Parce que, spontanément, j'avais su trouver les mots pour l'accompagner dans cette épreuve. J'avais raconté la ferme Bolt, le veau Sonntag, Hadamar, le marchand de glaces, Ilsa, le château d'Helm. J'avais expliqué l'erreur d'Heisenberg, l'échec et l'arrêt de la recherche atomique en Allemagne. Désormais, il ne demandait qu'à me croire. Mais que pouvait-il faire ? Rien, sinon transmettre mes révélations à ses amis du Projet Manhattan, en les attribuant à un proche d'Heisenberg. Il n'y eut jamais de retour officiel, mais les services secrets américains se chargèrent bien évidemment de vérifier ces assertions grâce auxquelles, j'ai la prétention de le croire, les États-Unis se contentèrent de faire plier l'Allemagne par des moyens « classiques », en réservant la bombe A aux Japonais.

Hiroshima sera un choc terrible pour Albert. Je le soutiendrai de mon mieux, sous le poids de cette horreur qu'il n'aura pu empêcher. Mais là déjà, trois ans plus tôt, il se sentait fini, hors jeu, discrédité. Un Nobel révolu, tout juste bon à dessiner des torpilles. Une légende vivante devenue un poids mort. Un pestiféré politique que plus personne n'écoutait et qui passerait aux yeux de la postérité, il le savait d'avance, pour le père de cette bombe atroce qui s'était construite sans lui. Tout ce qui était encore en son pouvoir, dans ce monde de tromperie et de faux procès, c'était d'aider un imposteur de bonne foi à s'inscrire dans la réalité. À devenir pour de vrai le petit physicien prodige dont il avait pris l'identité. À suivre les études et obtenir les diplômes qui le rendraient légitime. Et à passer pour un juif *possible*.

Dans ce domaine-là aussi, il m'apprendra à faire illusion. Lui qui n'était pas religieux, loin s'en faut, assurera mon éducation hébraïque. Initiation au yiddish, à la Torah, à la Kabbale, aux rites… Il me dira : « Tu n'es pas obligé de manger kasher, mais tu dois savoir ce que c'est, pourquoi on le fait et dans quel esprit, comme moi, tu t'en abstiens. » Je me suis calqué sur ses raisons. Être juif, pour lui, était une éthique avant d'être une identité, un régime, une hygiène.

On est restés seuls quarante-huit heures. Helen Dukas, sa dévouée secrétaire qu'il surnommait « la cerbère », devait arriver le soir ; il l'avait décommandée par téléphone en prétextant une « bonne fortune », nom de code qui, entre eux, coupait court aux discussions.

Des heures durant, avec méthode et minutie, il a procédé à mon débriefing. Tout en se projetant dans mon histoire comme s'il y trouvait refuge. Avachi contre moi dans le canapé du salon, il a dévoré *Le Secret des Atomes*, tandis que je lui déchiffrais les notes manuscrites. Il jubilait, à présent, m'interrompait soudain pour réfléchir en massacrant du Brahms sur son violon désaccordé. L'hypothèse du boson réactivait en écho sa théorie du « champ unitaire », qu'il avait abandonnée à force d'être seul à y croire.

Il se souvenait parfaitement de Yael Rosfeld (« la plus douée d'entre nous »), rencontrée avant son départ pour les États-Unis. Et son œil s'allumait dès qu'il se remémorait l'étudiante Ilsa Schaffner. La pasionaria qui, en 1918, occupait le Reichstag avec des centaines de jeunes exaltés voulant reprendre le pouvoir aux politiques, aux militaires, aux vieux. Les sociaux-démocrates de la République de Weimar l'avaient envoyé comme médiateur, estimant que seul son prestige auprès des étudiants berlinois pouvait éviter le pire. C'est le meilleur qui était arrivé – du moins pour Albert. Il avait pris le parti des jeunes afin de les pacifier, et il avait sauté leur meneuse dans les sous-sols du parlement, avant de les renvoyer à leurs études en promettant d'imposer leurs revendications.

Rapidement, je me suis aperçu qu'il se trompait d'étudiante. C'était une autre Ilsa qui l'avait enflammé en 1918 ; la mienne avait six ans. Mais l'agitée du Reichstag lui avait laissé un tel souvenir d'intelligence combative et de frénésie sexuelle que je n'ai pas voulu le détromper. Il était trop heureux d'apprendre que cette surdouée du cul pensait encore à lui, vingt-quatre ans plus tard, au point d'avoir enseigné la voile et le violon au jeune homme qu'elle lui envoyait en émissaire. Nous n'étions pas amoureux de la même femme, mais c'était si bon de l'évoquer entre nous, d'avoir un tel point commun pour combler le fossé des générations.

Vous imaginez ma fierté en lui racontant le tabouret de piano, la fellation sur commande que j'avais interrompue par respect pour Ilsa…

— Dieu sait si j'en ai commis, des actes antinazis, a-t-il commenté avec une nostalgie que j'ai prise pour de l'admiration, mais celui-ci ne me serait pas venu à l'esprit.

C'est une fraternité indestructible qui était née entre nous ce jour-là, Marianne. Il me regardait comme un compagnon d'armes, et pas seulement parce que nous avions, croyait-il, servi dans le même corps. Mon parcours déclenchait tant de résonances en lui. Il se sentait si seul entre les trahisons de ses proches et ses passions mal éteintes, ses coucheries sans lendemain de veuf inconsolable et ses carences paternelles. Il m'a parlé d'Eduard, interné pour schizophrénie à Zurich. C'est la seule fois qu'il évoquera devant moi son drame intime, mais l'ombre de ce *vrai* surdoué, étouffé dans l'œuf par l'image du père, pèsera toujours entre nous comme une force expiatoire. Je ne dirai pas qu'Albert a pris en charge mon avenir pour se racheter, mais, de mon côté, en travaillant comme une brute pour être à la hauteur de sa générosité, en me demandant l'impossible pour qu'il soit fier de moi, j'ai eu à cœur de lui rendre tout ce qu'il aurait voulu donner à son fils.

Voilà, Marianne. Il m'a présenté comme un petit cousin d'Allemagne, afin de me faire admettre au meilleur collège de Princeton. Il a payé mes frais d'internat, et il a prié Oppenheimer, mieux placé que lui à l'époque auprès de l'administration américaine, d'officialiser mon statut de réfugié. Grâce à lui, David Rosfeld entamait sa nouvelle vie en Amérique.

Tout ce qu'Albert m'a jamais demandé, en échange, c'est de jouer du violon de temps en temps avec lui à l'*Institute for Advanced Study*. De lui prêter main-forte pour ses bricolages du dimanche, au 112 Mercer Street, à la place de son éternel complice Léo Szilard qui s'était mis à souffrir de rhumatismes articulaires. Et de l'aider à sélectionner les jeunes femmes que sa célébrité continuait à exciter – sélection honteusement truquée, je l'avoue. Helen Dukas, très inquiète des dépenses d'énergie inconsidérées auxquelles se livrait son vieux patron, me glissait souvent la pièce pour que je réserve à mon usage exclusif les créatures au tempérament le plus chaud. C'est ainsi que, l'année de mon doctorat, la jolie Kate est entrée dans mon lit après avoir épuisé Albert. Mon cadeau de fin d'études – à tout point de vue. Son père était le concessionnaire Porsche du New Jersey.

Albert me répétait que nous avions trouvé la femme de ma vie. « C'est comme si tu épousais *notre* Ilsa : je serai ton témoin, je vous ferai un discours aux petits oignons. » Mais c'est moi qui, trois mois plus tard, ai pris la parole à ses obsèques.

Kate m'a accompagné, avec Helen Dukas et quelques intimes, pour disperser les cendres. On était à contrevent, on les a prises en pleine face. Son ultime pied de nez. Du coup, j'ai demandé la main de notre amoureuse commune. Tout ce qui me restait de lui. Consentement mutuel au milieu d'une quinte de toux, les yeux remplis de ses cendres. Oui, Marianne, je pense que je me suis marié par amitié. Albert était le plus merveilleux copain que j'aie eu, malgré la différence d'âge. Il m'avait tout donné et, sur son lit de mort, il m'avait dit merci. Merci d'avoir eu besoin de lui.

Vous pouvez mettre ma veste sous vos fesses, j'en ai une autre à l'hôtel. Mais les sièges sont moins trempés que je ne craignais. L'averse aura juste rafraîchi les fleurs. Si ça ne vous ennuie pas de vérifier l'adresse dans le dossier… *Müllerstrasse*, 43, merci. Je programme le GPS.

Ce que j'ai fait après le décès d'Albert ? Une dépression et un mois de prison. Coups et blessures. La comédie musicale où triomphe Kate, à Broadway, vient de remporter trois *Tony Awards*. Je suis avec elle dans les coulisses après le spectacle, et voilà que soudain je vois débarquer – devinez qui ? John Edgar Hoover. Là, à trois mètres de moi, complimentant les chanteurs avec une bonhomie charmante, le fumier qui a sali Einstein pendant un quart de siècle. L'obsédé parano qui l'a espionné, harcelé, poursuivi de sa haine et de ses calomnies pour finalement le blanchir à contrecœur, un an auparavant, au terme de mille huit cents pages d'un rapport totalement vide de preuves. Le salaud qui lui a fait péter de colère son anévrisme abdominal, quand il s'est rabattu par dépit sur Helen Dukas et Oppenheimer, les accusant à leur tour d'être des agents de Moscou.

Comme Kate est occupée avec ses fans, Hoover, la main tendue, me roucoule :

— Félicitations.

Je réponds :

— On dit : Condoléances.

Et je lui flanque mon poing dans la gueule, en précisant :

— De la part d'Albert.

Ses gardes du corps me sautent dessus, ils m'embarquent, et c'est Oppenheimer qui me sortira de prison, quatre semaines plus tard. Avec ces mots merveilleux pour moi : « Tu nous as tous vengés. »

Hoover renoncera à me poursuivre, par crainte de réveiller la polémique autour de ses accusations infondées contre Einstein. Mais il se vengera sur Kate. Aucun théâtre, aucun studio de cinéma ne lui offrira plus le moindre rôle, tant qu'il sera à la tête du FBI – c'est-à-dire jusqu'à sa mort, en 1972. Et pour Kate, ce sera trop tard. « Vous n'avez plus l'âge », lui dira-t-on. Je n'ai pas fait le bonheur de tout le monde, Marianne. Pourtant, je n'ai jamais regretté ce coup de poing.

Kate Wiliams. Vous ne la connaissiez pas ? Question de génération. Ni sa traversée du désert ni sa maladie ne l'auront changée. Toujours la même énergie, la même douceur, la même grâce. Jusqu'au bout de ses forces, on aura été heureux, je crois, l'un avec l'autre, comme au temps de sa gloire.

Je vous ai si peu parlé d'elle. Kate ne m'a jamais fait oublier Ilsa, non, mais elle a meublé son absence de manière idéale. Cinquante-six ans d'amour n'effacent pas dix-sept mois de passion ; les deux s'exaltent.

*

Dès ma sortie de prison, les copains d'Albert m'ont pris en charge. Ils se sont disputé mes services, à sa mémoire. Je suis d'abord devenu l'assistant d'Oppenheimer, puis de Niels Bohr, le dauphin rebelle avec lequel il aimait tant batailler… Relativité contre physique quantique. En apparence, l'avenir donnait raison à Bohr, sauf que plus nous avancions dans cette nouvelle vision du monde, plus nous découvrions qu'Einstein nous avait précédés sans le savoir – en tout cas, sans l'admettre. Il avait eu raison contre lui-même. La communauté scientifique l'avait forcé à se renier, à camper sur des positions qui n'étaient plus les siennes, sous peine de perdre ses subventions, de ne plus être invité à aucune conférence. Il avait trop de charges, avec les frais d'internement de son fils. S'il persistait à défendre sa constante cosmologique et son champ unitaire, il n'avait plus de quoi vivre. Il en est mort.

J'ai pris une année sabbatique pour suivre Niels Bohr à l'université de Copenhague, où il m'a fait travailler sur le projet du CERN, le Centre européen de recherche nucléaire. Et puis on s'est fâchés pour une histoire de place de parking, et je suis rentré à Princeton. J'ai passé le restant de ma carrière dans l'ombre de Lyman Spitzer, un géant délicieux, l'inventeur du télescope Hubble – encore un visionnaire trop précoce qu'on avait traîné dans la boue avant de le couvrir de médailles. Il avait été mon directeur de thèse, et j'ai partagé jusqu'au bout ses recherches sur la fusion nucléaire. Pendant cinq ans, nous avons buté sur le même problème : grâce à l'eau des océans, nous avions tout l'hydrogène qu'il fallait pour produire une énergie inépuisable et non polluante, mais comment obtenir la chaleur nécessaire ? C'est dans un télésiège au-dessus des pistes d'Aspen que, frigorifiés dans nos anoraks, nous avons eu l'idée de reproduire sur Terre l'énergie des étoiles en confinant le plasma dans des champs magnétiques. Nous nous sommes pris pour le soleil, Marianne. Nous avons tenté comme lui de fusionner les noyaux d'hydrogène en noyaux d'hélium, à une température de dix millions de degrés. Un échec hors de prix dont s'est moqué tout Princeton sur le moment, mais qui, en fin de compte, aura fait avancer la science de vingt ans.

Entre-temps, j'avais rencontré Higgs. Le père du boson du même nom. Vous vous rappelez ; cette particule invisible qui est à l'origine de la matière lors du Big-Bang. Avant d'être considérée comme la plus grande découverte du siècle, depuis quinze jours, elle a fait de Higgs la cible des railleries pendant près de cinquante ans. La vérité, Marianne, ce n'est qu'une question de temps. Quand votre milieu vous discrédite au lieu de vous contredire, c'est toujours la preuve que vous avez raison. Le tout est de survivre aux censeurs. Mais on n'y parvient hélas qu'en se faisant oublier. Celui qui s'acharne au nom de la vérité ne peut que desservir sa cause. Einstein et Oppenheimer y ont laissé leur peau, Niels Bohr a eu la sagesse de s'effacer derrière des structures administratives, Spitzer s'est réfugié dans les trous noirs et le ski hors piste, Peter Higgs a tenu le coup en faisant le dos rond au fin fond de l'Écosse…

Je ne veux pas que vous soyez la victime de vos algues, Marianne. Bien sûr que c'est le même combat, sinon je ne me sentirais pas aussi concerné. Mais je ne vous serai plus d'un grand secours, hélas. Mon rôle s'achève. Tout ce qui était en mon pouvoir, c'était de vous délivrer de la haine imméritée qui vous gâchait la vie. De vous immuniser contre le passé de votre aïeule pour que vos ennemis ne puissent plus s'en servir. À vous maintenant de savoir comment gagner votre croisade sans perdre la foi ni le feu sacré. Je pense que votre seule arme, ce serait d'être heureuse. De réussir votre vie de femme, pour que votre besoin de militer ne soit plus simplement un faux-fuyant. Je vous parle d'efficacité, c'est tout. Les gens heureux sont beaucoup plus efficaces, à condition que le bonheur pour eux soit un moyen et non une fin.

35, 37… Voilà. Le 43, ça doit être le petit immeuble pistache à colombages, derrière le grand chêne… Joli. C'est un emplacement handicapés, ça ? Parfait. J'ai gardé la carte de ma femme. Là, sur le tableau de bord, derrière les fleurs.

Si ça ne vous dérange pas, je vous laisse monter la première. Je m'arrête un instant au rez-de-chaussée, pour prendre des nouvelles de madame Bischof. La voisine qui a reçu le téléviseur dans sa chaise longue. L'assistante sociale m'a dit que les blessures étaient superficielles, on ne l'a pas hospitalisée, mais je me sens un peu responsable.

Pourquoi ? Oh, c'est probablement à cause de moi qu'Ilsa a flanqué sa télé par la fenêtre. Avant-hier, à vingt heures, tous les journaux diffusaient la cérémonie au CERN de Genève, en l'honneur de Peter Higgs.

Je pense qu'Ilsa a très mal pris le fait que mon nom n'ait pas été cité. Pour elle, c'était David Rosfeld qui, le premier, avait deviné l'existence du boson, la « particule-dieu ». Elle m'a aidé à développer le postulat, au château d'Helm, mais nos appareils étaient bien trop rudimentaires. C'est resté une simple théorie qui a recoupé celle de Higgs, dans les années 60, au temps où je travaillais avec lui. Je ne l'ai pas « inspiré », non, je l'ai conforté. J'ai balayé ses doutes, je l'ai convaincu de publier ses travaux. Ce qui, à l'époque, a foutu sa réputation en l'air. Ses maîtres ont parlé de suicide professionnel. Au point qu'il m'a gentiment conseillé de mettre fin à notre collaboration, si je ne voulais pas ruiner à jamais ma carrière universitaire.

Eh oui… C'est toujours la même pression, depuis Copernic. On ne risque plus de griller sur un bûcher, on se fait allumer dans les médias, c'est la seule différence. Pendant un demi-siècle, tous les grands physiciens « cartésiens » – pauvre Descartes ! – ont daubé sur cette « chimère », dont l'accélérateur de particules du CERN vient enfin de prouver la réalité. C'est Peter Higgs qui a pris tous les coups. C'est lui qui a affronté les sarcasmes et le mépris de ses pairs – il est assez juste qu'il reçoive seul aujourd'hui leur hommage unanime.

Mais la découverte de ce boson, c'était ma double promesse. Au petit marchand de glaces et à votre grand-mère. Le « boson de Rosfeld ». Évidemment, ça aurait moins bien sonné que le « boson de Higgs ». En toute justice, d'ailleurs, pour n'oublier aucun de ses autres pères, on devrait dire « boson de Higgs-Brout-Englert-Hagen-Kibble-Guralnik-Rosfeld ». Allez demander ça aux journalistes. Vous savez, ce n'est pas la première fois que les codécouvreurs sont sacrifiés pour des raisons phonétiques. Même lorsqu'on parle de l'ADN décrypté par Crick et Watson, on oublie toujours Rosalind Franklin et Maurice Wilkins...

Personnellement, je ne vois aucun inconvénient à rester dans l'ombre. Elle m'a toujours été profitable. Mais pour Ilsa, je me demande, au vu de sa crise de nerfs à l'heure du journal télé, si ma consécration n'était pas son dernier rêve. Celui qui, malgré les épreuves et la solitude, l'a maintenue en vie toutes ces années.

Vous m'avez attendu pour monter ? Il ne fallait pas. Tout va bien, madame Bischof n'a plus mal. Très touchée par mes fleurs. Elle nous présente ses condoléances et elle retire sa plainte. Il faut croire que mon charme opère encore, sur les plus de soixante-dix ans. Merci, mais c'est inutile de vous forcer. J'ai trop séduit en mon temps les femmes de votre âge pour me résoudre à subir aujourd'hui leur politesse.

C'est gentil, ce baiser sur la joue. Je suis votre ami, oui, bien sûr. À défaut d'autre chose. Comme vous l'avez compris spontanément, je voulais dire : à défaut d'être votre grand-père.

Vous cherchez quoi, une indication d'étage ? Quatrième gauche : la boîte aux lettres sans nom. Je suppose que je n'étais pas le seul à tenter de la retrouver, Marianne. Elle a dû vivre cachée, des dizaines d'années, dans la crainte des chasseurs de nazis. Jusqu'au moment où ses voisins, sans doute émus par sa solitude et son grand âge, l'ont signalée aux services sociaux. Quelle ironie, n'est-ce pas, de tomber sous le coup de l'altruisme, quand on a échappé aux autres formes de dénonciation.

Très curieux, l'effet qu'elle produisait sur ses voisins. Un mélange de peur, d'admiration, de pitié... Madame Bischof n'a pas fait la moindre allusion à son passé, comme si elle me croyait au courant de tout, et en même temps j'ai l'impression qu'elle ne sait rien. Elle a coupé court à mes questions, en tout cas, avec une manière très gênée de me dire : « On avait du mal à communiquer, on n'était jamais sûrs de bien la comprendre. » Elle avait l'air de se défausser, de se justifier.

Non, moi je prends l'escalier, je suis toujours claustrophobe. Comme vous voudrez. Après vous, alors. Si, si, c'est la femme qui monte en premier, dans les bonnes manières. Pour que l'homme puisse la rattraper en cas de chute. Pas uniquement pour contempler ses fesses. Voyez comme vous êtes réductrice.

Je vais bien, si, je vous assure. Simplement, la seule chose que j'ai apprise m'a un peu sonné. Quand madame Bischof a acheté le rez-de-chaussée, il y a quarante ans, Ilsa habitait déjà là et elle travaillait encore. Vous ne devinerez jamais quel métier elle exerçait. Marchande de glaces au chalet *Eiszeit*.

Je ne sais quoi vous répondre, Marianne. C'était peut-être une volonté d'exorciser, de revenir au point de départ de notre histoire... Ou, simplement, son seul moyen de renouer le contact avec des enfants.

*

Vous permettez ? Non, c'est la bonne clé, mais je suis ému, moi aussi, c'est normal. Et il y a un peu de jeu. C'est bon. Ah. La lumière est coupée. Ça va, j'ai mon briquet, je vais chercher le tableau électrique. Peut-être dans l'un des placards.

Oui, moi aussi. J'adore cette odeur. Ça fait maison de vacances au bord de la mer, sachets de lavande entre les draps humides. Avec un fond de cire d'abeille, une pointe de naphtaline, et quelque chose de très moderne… de l'encens à la vanille, vous avez raison. Des bougies d'ambiance. Pour cacher les relents de lait caillé. Biberon, vous êtes sûre ? Peut-être une auxiliaire de vie qui venait avec son bébé… Non, attendez. C'est une odeur de chats. Désodorisant pour litière, vous pariez ? On devrait toujours découvrir un appartement dans le noir. C'est fou les images qui viennent, la vie qui se reconstitue…

Le disjoncteur est là. Derrière la planche à repasser. Éclairez-moi un peu plus sur la gauche, si vous pouvez. C'est vrai qu'un portable, c'est plus pratique qu'un briquet. J'ai juste un problème… Vous ne voulez pas jeter un œil ? Le tableau est tout neuf, tellement aux normes que je ne sais pas où appuyer. Bravo.

J'entends, oui. Un goutte-à-goutte, entre les tic-tac de l'horloge. Ouvrez les volets, je vais regarder s'il y a une fuite.

Vous avez vu ce parquet ? Point de Hongrie. Le temps qu'il faut pour arriver à cette brillance, à ces nuances chaudes dans la patine… Paille de fer, cire d'abeille et huile de coude. Elle continuait à faire son ménage toute seule, disait l'assistante sociale. Je me souviens comme elle briquait ma cabane, à Helm, avant qu'on se mette au travail. Elle répétait : « Pas d'esprit clair dans un lieu mal tenu. » Comme vous dites. Elle a gardé sa tête jusqu'au bout.

C'est là, j'ai trouvé, dans la salle de bains. Non, rien de grave : le robinet de la baignoire goutte dans une bassine. Pour laisser de quoi boire quand on s'absente… Vous avez vu le chat ? Moi non plus. Mais si je me fie au stock de croquettes et de Cat's Pride sous le chauffe-eau, ils doivent être plusieurs. Un voisin a dû les recueillir.

C'est terrible, Marianne, j'ai l'impression qu'on « rouvre » la maison pour préparer son retour. Vous aussi ? Mais ce n'est pas triste. Je suis très surpris. C'est moi, ou il y a une incroyable gaieté dans cet appartement ? Je comprends pourquoi les services sociaux aimaient venir ici. Franchement, je ne m'attendais pas à un endroit si beau, si clair, si… accueillant.

Je suis d'accord, il y a plusieurs époques. Cette cuisine toute moderne, ces petits spots high-tech… Et tous ces meubles anciens, légers, qui ne servent à rien. L'espèce de gouvernail, là, c'est un élément de métier à tisser, je pense. Un genre de rouet pour entraîner le fil. En même temps il y a des aubes, c'est peut-être une pièce détachée de moulin à eau. Ça doit amuser les chats. Et cette boîte à cirage sur pied, ce train électrique d'avant-guerre… Regardez, il est sous tension, il marche. Ça n'a vraiment rien d'un intérieur de vieille dame. On dirait plutôt un grenier aménagé par des enfants maniaques. Mais encore une fois, cette impression d'apesanteur… Je ne sais pas d'où elle vient. De nous ?

C'est d'autant plus curieux, quand on connaît l'histoire de l'appartement. D'après madame Bischof, Ilsa l'a acheté pour presque rien. Il était resté inoccupé dix ans, personne n'en voulait. Une famille juive s'y était barricadée, après avoir fait croire qu'elle avait fui la ville. À la fin de la guerre, on avait retrouvé six cadavres.

Une porte fermée à clé ? Après ce que je viens de vous dire, ne me parlez pas de Barbe-Bleue. Oui, je veux bien un thé, merci. Je suis dans sa chambre, j'essaie d'ouvrir les volets. Ça y est. Vu le gonflement du bois, elle ne les fermait jamais ; c'est l'auxiliaire de vie qui a dû prendre l'initiative. Il y a des années de griffures à l'extérieur de la fenêtre. À mon avis, elle faisait relais-château pour chats errants.

Mon Dieu… Marianne, venez voir ! Le thé attendra. Mais préparez-vous à un choc.

*

Eh oui. C'est moi. Toute ma vie sur un mur. Vous aussi, vous êtes là, regardez. *Femme actuelle*, juillet 2011 : « Le combat courageux d'une jeune avocate pour sauver les plages bretonnes. » Et ici, *Le Télégramme*, 15 mars 2007. « Ploumarec : Un dernier adieu à Annemarie Le Bret, notre secrétaire de mairie. »

Non, Marianne, ça n'a rien d'impossible. J'avais fait comme elle, avant qu'on invente Internet. Un simple abonnement à un service de presse international, qui envoie les coupures de journaux où figure un nom donné. Le Bret, Rosfeld… Je suis bouleversé qu'elle nous ait mis ensemble. Deux articles sur cent, d'accord, mais c'est une question d'antériorité. Vous aussi, à mon âge, vous couvrirez un mur.

Je commence là, oui. *New York Post*, 6 mai 1955 : « Le patron du FBI agressé à Broadway par un étudiant. » Et là, c'est avec Oppenheimer, à mon mariage… C'est lui, le témoin.

Non, ne vous inquiétez pas. Il faut juste que je m'assoie deux minutes. J'ai de l'alcool de menthe, ça ira. Si vous pouviez aller me chercher un sucre… Attendez, c'est bon, il m'en reste un. J'oublie toujours une poche. Voilà. Tout va bien, c'est passé. Je n'ai pas assez mangé, sans doute. La choucroute, ça creuse.

Je vous en prie. Vous pouvez visiter ma vie. Là, je suis avec Niels Bohr, à Copenhague, devant le fameux parking. Ça, c'est en Caroline du Sud, une conférence avec Peter Higgs, en 1965. On travaille sur la naissance de l'univers, pendant que sa femme est en train d'accoucher – elle nous fera une vraie crise de jalousie. Mon voilier. Une de mes victoires à la Solitaire du New Jersey. Et là, c'est le lancement du télescope Hubble, le 24 avril 1992. Le grand sympa qui se ronge un ongle, devant moi, c'est Lyman Spitzer. Le concours du Meilleur Sommelier du monde à Rio, la même année – on me cite, mais on ne me voit pas : je suis caché par la baronne de Rothschild et mon ami Philippe Faure-Brac, le vainqueur. J'ai gagné une fortune en pariant sur lui. Autant qu'en dix ans d'enseignement à Princeton. J'en ai fait don à la recherche contre la sclérose en plaques. Ce n'était pas de la générosité, non, c'était de l'espoir. Mais Kate en est morte quand même.

La jolie rousse, entre Fred Astaire et Stanley Donen. Ça devait être une garden-party chez le patron de la

Paramount, pour une comédie musicale qui ne s'est pas faite. L'an dernier, à droite du radiateur, ses obsèques. Deux petites colonnes dans *Hollywood Reporter.* On était quinze. Personne du métier. Elle leur avait rapporté des millions de dollars, à vingt ans. On vivait sur ma retraite.

Et là, c'est LHC. L'accélérateur de particules du CERN : 27 kilomètres de circonférence, des milliers de milliards de protons lancés à la quasi-vitesse de la lumière... La dernière photo qu'Ilsa a punaisée. Sans moi. Son dernier espoir.

Oui, merci d'ouvrir un peu, j'ai besoin d'air. Pardon ? La vue. Je sais. La cour de l'hôpital. On aperçoit même le cèdre. Je n'ai pas de réponse, Marianne. Je pense qu'il s'est passé quelque chose de terrible pour elle, quand on l'a escamotée du procès de Nuremberg. Au point qu'elle a été incapable, ensuite, de tirer un trait, de vivre quelque chose de neuf... Elle a dû vouloir – je ne sais pas, revenir sur les lieux où elle avait joué un rôle. Un rôle *bien.* Par amour pour moi, peut-être – si vous le dites... Ou simplement parce que le décor était intact. Il ne reste plus rien du château d'Helm. Grübblick l'a incendié, après l'exécution des enfants. En dehors de l'horreur et des ruines, à quoi sa mémoire pouvait-elle se raccrocher, à quel souvenir *vivant* ? Rien n'a changé, à Hadamar. Vu de la fenêtre, on est en 1941.

Je me demande la même chose, Marianne. C'est possible de s'enfermer ainsi dans *un seul jour*, dans ce matin du 13 janvier où, devant le cèdre de la cour, elle m'a donné ma chance ? Avec, sur le mur autour de la fenêtre, toutes les conséquences de ce choix… Pourquoi, à votre avis ? Pour se justifier, pour oublier le reste, pour vivre par procuration la vie que je lui dois ? Toutes ces raisons à la fois, oui, sans doute.

Vous croyez ? Vous croyez qu'elle m'a *appelé* ? Que la télé jetée par la fenêtre n'était pas seulement un geste de colère, mais… un signe de vie ? Elle savait que je pensais encore à elle, c'est vrai : elle l'a lu. Chaque fois qu'un journaliste m'interrogeait sur mon parcours, je lui rendais hommage – là encore, dans *Wine Spectator*, il y a trois mois. Rubrique « La cave des seniors ». Je raconte mon premier souvenir de dégustation : le vin de glace qu'elle m'a fait boire à Noël 41. Je dis que j'ai toujours gardé un *Schloss Johannsberg* pour le jour où je retrouverai la femme qui m'a sauvé la vie. Je parle même de l'alerte info sur mon ordinateur. Peut-être qu'elle s'est dit que si son nom apparaissait dans un fait-divers…

Marianne. C'est elle qui a provoqué notre rencontre. Vous n'avez pas l'impression que nous suivons l'itinéraire qu'elle nous a préparé ? Elle savait que nous viendrions ici. Elle nous a mis le couvert.

Regardez, là, tiens. L'enveloppe sur la table. *Zurück an Absender*, vous savez ce que ça signifie ? « Retour à l'expéditeur. » *I. Schaffner, Postfach 53, Hadamar*. Une boîte postale. C'est la lettre que vous avez renvoyée sans l'ouvrir.

Je ne juge pas, non, je m'interroge. Qu'est-ce qui fait le plus mal ? Un courrier détruit dont on peut toujours se dire qu'il a été perdu, ou une enveloppe qui vous revient fermée, preuve qu'on refuse de vous lire ? Non, Marianne, ne vous racontez pas d'histoires : elle n'a pas pu conclure autrement. Il n'y a pas marqué *Destinataire inconnu*. Elle vous a écrit à votre cabinet d'avocats. *Plestin-Faure-Le Bret* – on lit très bien sous la rature. Et il y a le tampon de votre secrétariat : *Reçu le.*

Je crois qu'il est temps d'ouvrir la lettre, Marianne. Elle vous attend depuis cinq ans.

Hadamar, 15 mars 2007

Chère Marianne que je ne connais pas,

Je t'écris dans cette langue française que j'ai apprise il y a bien longtemps, pour correspondre avec ta maman. Je n'ai jamais eu de réaction à mes lettres. Sans cesser pour autant de lui écrire, je me suis résignée, d'année en année, au silence d'Annemarie. Mais aujourd'hui, c'est auprès de toi que je tente ma chance. Je viens d'apprendre ton existence par le journal (je m'étais abonnée au *Télégramme de Brest* pour participer un peu, malgré elle, à son cadre de vie), et je me dis que j'aurai plus de chance d'être entendue par toi, puisque tu es avocate. Les préventions « familiales » que tu nourris certainement à mon égard seront, je l'espère, atténuées par ton serment professionnel. Toute personne a droit à sa défense. Alors permets que je te présente la mienne.

Je suppose que ta regrettée mère ne t'a pas lu mes lettres avant de les déchirer. Je vais donc, dans un premier temps, répéter ce que je lui écrivais pour chacun de ses anniversaires, depuis le printemps

1955 où, rentrée en Allemagne, j'ai pu retrouver sa trace.

Voici mon histoire, Marianne. Ma *vraie* histoire. J'étais officier dans les services scientifiques de l'armée, je dirigeais un centre d'études pour les enfants surdoués. Je faisais partie de ces Allemands qui avaient cru en Hitler, avant de découvrir quel fou furieux notre aveuglement avait porté au pouvoir. Dès 1939, avec de hauts responsables de l'armée, j'ai travaillé dans l'ombre à son élimination. Et à la renaissance de l'Allemagne. L'Allemagne de Leibniz, de Kant, de Goethe, de Schiller, d'Einstein… Mon école en était l'un des symboles. Le pari sur l'intelligence des enfants qualifiés d'« anormaux », que le IIIe Reich avait décidé de supprimer, au même titre que les juifs, les tziganes, les homosexuels ou les malades inutiles.

En juin 1942, lors d'une énième tentative d'attentat contre Hitler, les SS ont pendu mon compagnon Gert von Lierenbad et fusillé mes élèves. Jugeant la pendaison trop douce pour moi, ils m'ont déportée au camp de Mauthausen pour me « tuer au travail », disaient-ils. J'ai tenu bon.

Libérée par les troupes américaines en 1945, j'ai été aussitôt transportée à Versailles, à l'état-major du général Eisenhower, en tant que spécialiste du « conditionnement psychologique des enfants ». Après trois jours d'interrogatoire, on m'a incarcérée dans une prison voisine. C'est là que, enceinte d'un viol à Mauthausen, j'ai donné le jour à ta mère. Me croyant d'avance condamnée à mort, suite aux faux témoignages qui m'imputaient le massacre de mes élèves, j'ai demandé qu'Annemarie soit adoptée par une famille française.

Lorsque le général Eisenhower a transféré son QG en Allemagne, nous avons été rapatriés à la prison de Kranzberg. Nous, c'est-à-dire l'«élite» scientifique du défunt Reich. À Kranzberg, les spécialistes soviétiques et américains venaient faire leur marché. Se disputer nos compétences en vue de la «Guerre froide» qui avait déjà commencé entre eux. Au terme de négociations ardues, les États-Unis ont acheté Wernher von Braun pour leurs fusées spatiales, et l'URSS m'a acquise pour la formation de ses surdoués.

Mais les Russes de cette époque avaient une tout autre conception de l'intelligence. Ils avaient entrepris de la développer par des moyens similaires à ceux qu'ils utilisaient pour «doper» leurs champions sportifs. Drogues, psychotropes, chirurgie du cerveau, manipulations mentales dans l'espoir de stimuler des «pouvoirs psychiques». J'ai refusé de participer à ces expérimentations sur les enfants. On m'y a forcée. J'ai tenté de m'enfuir. Alors on m'a déportée en Sibérie, dans un camp de rééducation. Là, j'ai été confiée aux bons soins d'un compatriote, ancien chef de clinique du Dr Mengele – un autre «achat» des Soviétiques. Au terme de plusieurs séances de torture infructueuses, il m'a arraché la langue. Raison pour laquelle je n'avais plus, à mon retour en Allemagne, que le courrier pour espérer entrer en contact avec ma fille – et aujourd'hui avec toi.

Malheureusement, le maréchal Göring, dans le délire médiatique qui lui tenait lieu de défense au procès de Nuremberg, avait fait de moi le monstre pour qui je passe encore à tes yeux, sans doute. Une extrémiste ayant tenté de tuer Hitler parce qu'elle le trouvait « trop modéré », et qui, se voyant perdue, avait pratiqué la politique de la « terre brûlée » en massacrant ses écoliers. La « Chienne d'Helm », comme le surnom m'est resté.

Bref, à mon retour du goulag, j'étais une criminelle de guerre en fuite. Comment me défendre ? Les services de renseignement ouest-allemands, qui m'avaient échangée contre un espion soviétique pour que je leur fournisse des informations sur les camps de dissidents, s'étaient assurés de ma discrétion et de ma sécurité en me donnant de quoi vivre incognito. Je devais me cacher, et « laisser dire ». J'étais toujours militaire, ma petite-fille, le devoir de réserve avait un sens pour moi. Ma seule désobéissance : un courrier annuel qui restait lettre morte.

Les époux Toutain, à qui j'avais confié Annemarie, ont préféré attendre qu'elle soit grande pour lui transmettre mes missives – le temps que « ça se tasse », m'ont-ils écrit. Je les comprenais. Mais rien ne s'est « tassé ».

Je n'ai jamais fait qu'éduquer des enfants, Marianne, je te le jure, et tenter de les sauver de la barbarie nazie. Un seul d'entre eux a survécu. C'est le professeur David Rosfeld, de l'université américaine de Princeton. Il répondra de moi. Si tu n'ajoutes pas foi à ma version des faits, tu peux le contacter par la rédaction de *The Lancet*, la revue scientifique à laquelle il collabore toujours. Mais, je t'en conjure, renseigne-toi sur moi sans lui dire que je suis encore vivante. Il était tout jeune quand je lui ai fait quitter l'Allemagne. Pour des raisons personnelles, des raisons de femme, je n'ai pas voulu le revoir dans l'état où je suis. Il aura été l'homme de ma vie, à distance, et ma seule réussite. Ma trace d'amour sur terre. Il m'a donné tant de joies, sans le savoir...

J'ai quatre-vingt-quinze ans, Marianne, je suis une personne volontairement isolée qui se maintient grâce à la télévision et à la gentillesse des auxiliaires de vie. Il y a beau temps que j'aurais dû mourir, mais les chats abandonnés n'en finissent pas de frapper à ma fenêtre (j'habite au bout des branches d'un grand arbre, et ils ont du mal à redescendre), alors je reste pour eux.

J'aimerais tant embrasser ma petite-fille avant de partir. Trouver Annemarie ce lundi dans les avis de décès a été, tu vois, la pire épreuve de ma vie, qui n'en a pas manqué. Et ton nom, en tête du faire-part, ma seule consolation. Je présume que ta maman, me sachant toujours de ce monde par mes enveloppes annuelles, voulait te protéger de moi : à ta naissance, elle n'avait laissé paraître aucune annonce dans *Le Télégramme*. Et Dieu sait si je l'épluche de la première à la dernière ligne, chaque matin. Tu viens de naître pour moi, ma chérie, et c'est merveilleux. Tu es si belle, ce matin, aux obsèques, sur la petite photo du journal. Je passe mon temps à te regarder à la loupe. La vie n'est pas finie.

J'espère que vous avez été heureuses, mère et fille, comme j'aurais tant voulu l'être si les circonstances m'avaient laissé le choix. Ne me rejette pas, ma petite Marianne. Je t'envoie tout le courage qu'il faut lorsqu'on endure la solitude et, pour la suite, quelle que soit ta décision en ce qui me concerne, je te souhaite tout le bonheur du monde. Car tu as l'air si triste sur cette photo. Pourvu que ce soit *uniquement* à cause du deuil.

Ta grand-mère inconnue qui ne demande qu'à t'aimer.

ILSA

Je suis à la cuisine. J'ouvre une bouteille. Vous pouvez venir, bien sûr. Je pensais que vous aviez besoin d'être seule. J'ai encore ses mots dans la tête. C'était bouleversant, pour moi, de l'entendre parler avec votre voix. Merci, Marianne. Merci pour votre absence de commentaires, aussi.

La vraie question que je me pose, c'est comment j'aurais réagi si elle m'avait donné de ses nouvelles, à son retour en Allemagne. Qu'aurais-je fait d'une rescapée de l'horreur, d'un amour de jeunesse devenu une mutilée de la Guerre froide, alors que je venais de me marier ? Je lui aurais témoigné toute ma compassion, ma gratitude, je l'aurais aidée… Je l'aurais perdue. Ça me déchire de le reconnaître, Marianne, mais elle a fait le bon choix. C'est son souvenir *intact* qui m'a propulsé toute ma vie, qui m'a aidé à oser l'impossible, à surmonter les épreuves et à chercher le bonheur, toujours, en l'attendant. La nostalgie de notre année à Helm, l'espoir de la retrouver un jour, l'ambition de lui prouver qu'elle avait eu raison de miser sur moi…

Avec plaisir. Choisissez : elle a tout. Verdi, Menuhin, Gershwin, Bernstein, les *Danses hongroises* de

Brahms, Miles Davis, Ella Fitzgerald, Linda Ronstadt, Michel Legrand… Tout ce que j'aime. Les meilleurs enregistrements – les mêmes que les miens. J'avais donné mes préférences musicales dans une interview. *Summertime*, d'accord, pourquoi pas ? Au point où nous en sommes…

Qu'allons-nous faire, Marianne ? Qu'allons-nous faire de son amour, de sa détresse, de ce drame rétrospectif qui nous tombe dessus ? Il faut rester dans le ton. Dans le ton de sa lettre. Cette énergie douce, cette résilience, cette main tendue qui ne s'est jamais refermée. Ce qui est certain, c'est que nous sommes au cœur de ses dernières volontés.

Je viens de découvrir un élément qui confirme, si besoin était, ses intentions de mise en scène. Cette plante, là, c'est un datura. L'espèce *sanguinea* qu'avait employée le petit comte Ulrich pour son suicide à Helm. Suivant le dosage, elle provoque une mort immédiate ou un coma profond. Regardez les traces dans ce verre.

Elle est allée jusqu'au bout, Marianne. Vous sentez son émotion en coulisses ? Sa fierté devant la façon dont nous suivons ses indications, dont nous incarnons son dernier rêve ? Ne lui gâchons pas ce bonheur. La souffrance que nous éprouvons n'est qu'un trait d'union.

Nuits-saint-georges, Clos du chapitre 2009, domaine Follin-Arbelet. Ma découverte du mois dans *Wine Spectator*. J'en ai trouvé trois caisses sous l'évier, expédiées par le domaine. Ce n'est pas un vin cher, mais une bouteille lui faisait six jours. Regardez : elle notait la date, comme sur les boîtes de médicaments.

Geöffnet am... «Ouvert le». Elle aurait eu de quoi tenir encore un an, si je m'étais manifesté auprès de Peter Higgs avant son discours à Genève. Il m'aurait cité, j'en suis sûr, il m'aurait appelé à la tribune. Devant toutes les caméras du monde, j'aurais pu dédier sa découverte à Ilsa et à mes condisciples du château d'Helm, sans qui je n'aurais jamais développé la théorie du boson qu'il a menée à terme...

Vous avez raison. Ça ne sert à rien de refaire l'histoire. Si ça se trouve, le discours de Genève ne l'a même pas mise en colère. Il lui a juste fourni le prétexte. La dramaturgie de notre rencontre. La télé balancée dans la chaise longue de la voisine, c'était le ticket d'entrée pour la rubrique des faits-divers. Le moyen de faire apparaître son nom sur Internet. Et le coma profond de la datura, c'était pour obliger l'assistante sociale à chercher dans ses papiers un parent à prévenir. Non ?

Sentez-moi ce nez. Fraise des bois, oui. Avec une note d'épices et de cuir de Russie. En bouche, c'est un vin curieusement subtil, vous allez voir. Une saveur de mûre et de cerise noire, une harmonie très longue en rétro-nasal. Pardon. Le rétro-nasal, pour faire simple, c'est ce que vous percevez en rotant le vin. Michelin ne vous a pas appris ? Il a manqué de temps. Un mois et demi de passion et de reculades ; vous ne lui avez pas laissé le loisir de partager grand-chose. Non, ce n'est pas pour revenir sur un sujet qui fâche, mais je suis incapable de parler du contenu de la lettre. Vous aussi. Alors on tourne autour. On meuble.

Vous savez ce que je vous propose ? À moins que vous n'ayez envie de ressortir pour vous changer les idées… Je ne détesterais pas vous préparer à dîner. Ça fait si longtemps que je n'ai pas cuisiné pour quelqu'un. Il y a des blancs de poulet, des carottes et des courgettes : je peux vous faire un wok. Non, non, j'ai trouvé tout ce qu'il me faut comme épices. Dans *Wine Spectator*, je donnais la recette du plat idéal pour aller avec ce vin. Mangeons comme elle, voulez-vous ? Ce sera notre veillée funèbre.

J'aime vous voir sourire. On lui fait plaisir, en ce moment, vous le sentez ? Cette espèce d'effervescence en nous. La mémoire qui exulte. « La mémoire des invisibles qui exulte au gré des vivants. » C'est une expression de Victor Hugo. Dans son exil à Guernesey, il consacrait un tiers de son temps de travail à interroger les morts avec ses « tables parlantes », à recueillir des inédits de Shakespeare ou Dante, vous le saviez ? Et puis, nous allons nourrir ses chats. Là, elle sera vraiment heureuse.

Ça miaule dans l'arbre, oui, je vous le confirme. En fait, quand on s'est garés, j'ai remarqué une espèce de fourrière au coin de la rue. À mon avis, il y a un des employés qui déstocke. Il ouvre les cages en douce pour éviter un trop grand nombre d'euthanasies. Les chats s'échappent, repèrent l'odeur de leurs prédécesseurs, ils grimpent dans le chêne et ils passent à table… Vous avez raison. Je n'ai guère évolué depuis l'enfance, côté imaginaire.

On lui ouvre ? Allez. N'aie pas peur, ma petite noiraude… Oh mais, tu es un garçon, toi. Regardez comme il est moche, il n'a plus que la peau sur les os. Nous l'appellerons Freitag. C'est vendredi.

Et maintenant ? J'allais vous poser la question, moi aussi. C'était un plaisir de vous voir manger comme ça. J'aurais une requête, Marianne. Le chat dort si bien, ça m'ennuie de le mettre dehors. Bien sûr, mais ce que j'essaie de vous dire… Si vous n'y voyez pas d'inconvénient, j'aimerais bien passer la nuit dans le lit d'Ilsa.

C'est drôle, je rougis comme si ma demande concernait une mineure et non une défunte. Je peux vous laisser ma chambre d'hôtel, si vous voulez. Ah bon. Au contraire, Marianne. Je suis ravi de vous inviter chez vous. Je prendrai le canapé du salon. Pas question. Mon grand âge me permet néanmoins de privilégier encore la galanterie au confort. Et de toute façon, canapé ou lit, j'ai un lumbago chronique : ça ne changera rien. Mon rhumatologue, paix à son âme, avait raison sur un point : j'ai un peu abusé du stock-car, dans ma vie. Je me suis toujours fait plaisir, et je ne le paie pas très cher, croyez-moi.

Quel genre de voiture avez-vous, à Morlaix ? Un Renault Kangoo. Je ne connais pas, non. C'est un monospace pour fille seule ? Oh, j'en ai autant à votre service : au jeu du ridicule au volant, vous êtes sûre de perdre. Quand je vous parle de ma Porsche 356, oubliez les Carrera et les Cayenne. Ça ressemble à une auto tamponneuse, avec un bruit qui va de la castagnette à l'essorage, mais le moteur est fabuleux. Quand on arrive à le régler. C'est Albert qui avait choisi le modèle. Offrir à un juif adoptif une voiture allemande dont Hitler avait refusé le dessin initial à Ferdinand Porsche, c'était typique de son humour. Il faut dire aussi que le père de Kate lui faisait trente pour cent.

L'une des dernières joies de sa vie, c'est lorsque je l'ai emmené débrider le moteur sur la plage de Daytona Beach – je vous montrerai, un jour, si vous voulez. Pourquoi ne viendriez-vous pas en vacances avec Michelin, cet été ? Ma femme possédait un petit bungalow dans le sable, qu'on se partage avec ses frères. J'ai la deuxième quinzaine d'août, et je n'aime pas me baigner seul. Réfléchissez. Au moins, ça vous donnera un prétexte pour le rappeler.

On la termine ? C'est la troisième, vous avez raison. Alors je la rebouche. Et je prends mon stylo. *Geschlossen am...* Nous sommes le combien, déjà ? Respectons ses rituels. Vraiment, vous êtes sûre que vous ne préférez pas la chambre ? Oui, je comprends, c'est ma vie qui est au mur. Si elle doit vous empêcher de dormir, je m'incline devant l'argument.

Vous me faites bâiller. Je suis vanné, moi aussi. Plus la force d'aller chercher ma valise à l'hôtel : j'y passerai demain matin. Sans même parler du décalage horaire, je n'ai pas fermé l'œil depuis l'alerte info. Et je n'ai plus l'habitude qu'on me fasse boire autant.

Petit déjeuner à sept heures trente ? Je prends la salle de bains en premier, ça ira plus vite. Je vous souhaite une bonne nuit. Et je ne vous embrasse pas, je pique.

Vous n'arrivez pas à dormir, vous non plus. Échangeons, je vous l'ai dit : laissez-moi le canapé. Ah bon ? Si le chat défend son territoire, évidemment… Il a réussi à vous chasser. Quel culot – ou quel délicat prétexte.

Je vous en prie. Je n'osais pas vous le proposer. Attendez, je me pousse un peu. N'allez pas croire que vous me faites fuir ; c'est pour le contrepoids. Ces vieux matelas en laine, une fois qu'ils sont creusés au centre… Il faut choisir : camper chacun sur la bordure, ou alors sombrer ensemble dans la fosse commune.

Comme vous voudrez. J'avais peur que mon corps vous dérange. Pas le contraire, non, Marianne. Je sais me tenir, et ça ne me demande plus guère d'effort.

Elle vous va bien, sa chemise de nuit. Elle ne s'habillait pas très grand-mère, si ? C'est à la fois intemporel et décalé. Comme ces dentelles de jeune fille qu'on trouve dans les brocantes. Non, il n'y a pas de surimpression, pour moi : votre parfum ne me rappelle rien. C'est une nouveauté, sans doute. Un créateur breton, j'imagine : le côté genêt de synthèse et caramel au beurre salé. Je n'aime pas vraiment, non. Il ne diffuse pas, il imprègne. Il vous englobe au lieu de vous souligner. L'odeur d'Ilsa, c'était autre chose. Une captation de l'extérieur. Elle sentait le feu de bois en hiver, l'herbe coupée en été, la feuille morte en automne, le pin goudronné de ma cabane… Elle n'avait pas de parfum intime ; elle accueillait les ambiances. Ou bien c'est moi qui n'ai pas su la respirer. J'aime bien votre tête sur mon épaule. Mais c'est vous qui me consolez.

Non, je ne vais pas très bien. Être allongé face au mur de sa vie, devant des événements ponctuels et des visages épars qui racontent une histoire qui est censée être la vôtre, une histoire qui efface les zones d'ombre et les traversées du désert, une histoire qui s'achève… C'est plombant, oui. Mais surtout, j'ai tellement l'impression de n'avoir pas *fini*. De n'avoir rien fait encore. Qu'y a-t-il à retenir de ma vie, si on la clôt à la dernière photo ? J'étais l'ombre des autres. Une ombre porteuse, oui, et alors ? Je ne porte plus rien, plus personne à part des morts, et je suis toujours là. Pour quoi faire, Marianne ? Je me suis tellement dispersé, dans les travaux d'autrui et les plaisirs personnels… Vous savez ce qui manque, sur ce mur ? Du *neuf*. Un but.

Mes dernières années d'enseignement à Princeton, je les ai consacrées à ce que j'ai cru être une synthèse. Mon cours portait sur les persécutés de la science. Mais ce n'était qu'une énumération, une série de griefs, de schémas qui se répètent et se répéteront toujours. C'est en regardant ma vie sur ce mur que je mesure les limites que je n'ai pas su franchir. J'ai cru servir la cause des censurés en leur évitant l'oubli, mais ça ne suffit pas. Pourquoi Einstein est-il toujours aussi terriblement *vivant* ? Parce qu'on ne cesse de clamer qu'il s'est trompé, du coup nos propres erreurs lui redonnent raison à chaque fois… Comme récemment avec les neutrinos, qui soudain se déplaçaient plus vite que la lumière, contrairement à son affirmation… Une simple faute de calcul dans un laboratoire. Sans parler de sa constante cosmologique à laquelle personne ne croyait, et qu'on a dû rebaptiser « énergie noire » en découvrant qu'elle occupe 72 % de l'univers. Mais on n'en veut pas à ceux qui se plantent. Le vrai crime, c'est de vouloir réparer les injustices en dénonçant les pressions. Je me suis fait tant d'ennemis, dans le monde universitaire. Ça m'a suffi pour me croire utile. Foutaises.

Ce que je veux vous dire, Marianne, c'est qu'en apparence je suis un retraité qui a fait son temps, alors que vibre en moi, plus que jamais, l'énergie de l'adolescent qui cherche où est sa place, quel est son rôle sur Terre. Je suis ridicule, n'est-ce pas ? Indécent, face à une jeune comme vous qui se cogne la tête dans une impasse, tandis que pour moi il y a *trop* de routes à prendre, c'est mon éternel problème, et je ne le résoudrai jamais. À quoi employer mes dernières années, Marianne ? Ma pensée est tellement claire, depuis que j'ai renoncé au sexe. Tellement disponible et en demande d'action. Mais l'enjeu m'échappe. Le boson de nos rêves est devenu réalité, le monde a déjà refermé la parenthèse pour se consacrer de nouveau à son suicide financier, écologique et religieux. Qu'est-ce qui pourrait changer les mentalités, Marianne ? Que puis-je encore faire pour répondre à l'attente d'Ilsa, à la confiance du marchand de glaces qui m'a donné sa vie à huit cents mètres d'ici ?

Vous dormez. J'aurai au moins servi à ça. Pouvoir soporifique des états d'âme… Qu'ajouter d'autre ? Je pourrais profiter de votre sommeil pour vous confier des choses inavouables, mais je n'en ai plus, je vous ai tout dit. C'est sans doute ma dernière nuit auprès d'une femme. Je serai heureux les jours prochains, en m'en souvenant. Surtout si je garde ce souvenir intact. Inachevé. Ouvert à ce qu'il aurait pu être.

Allez, je vous laisse en paix. Tant pis pour le chat : il se cherchera une autre place. Vous êtes *vous*, Marianne. Mon seul espoir de trouver le sommeil dans les bras d'Ilsa, c'est le canapé du salon. Merci d'être venue, mais c'est elle qui m'attend.

À demain.

Vous vous sentez mieux ? C'est ce qui s'appelle faire le tour du cadran. Il est midi, oui. Tout va bien, pas d'angoisse : c'est trop tard pour les cendres, mais il est encore temps pour l'avion.

Évidemment, j'ai essayé de vous réveiller ! J'ai tout tenté, à part les baffes et le seau d'eau. Mais ce n'était pas un simple sommeil réparateur, c'était une révision complète. Les seules paroles audibles que j'aie pu capter, c'est : « Laisse-nous ensemble. » J'ai obéi.

Je ne sais pas, Marianne. Je ne sais pas à qui vous rêviez, à Michelin ou à Ilsa… Vous n'avez pas précisé. C'est à vous de vous souvenir. Oui, vous m'avez tutoyé. On peut continuer, d'ailleurs, ça me rajeunit.

Mais non, ce n'est pas « l'horreur ». J'ai expliqué à l'assistante sociale que tu avais le dos bloqué, elle a très bien compris : elle connaît le matelas. Ilsa n'avait jamais voulu qu'on remplace son cocon de laine par un lit médicalisé. Assieds-toi doucement. Je vois que je n'ai raconté qu'un demi-mensonge. Tu veux une aspirine ? Question de génération : votre soutien le plus ferme, c'est celui de la literie.

J'ai dit que j'étais « la famille », sans préciser. Il y avait beaucoup de monde, oui, la salle était pleine.

Quelques voisins, les auxiliaires de vie, et surtout... des enfants d'autrefois. Madame Bischof avait prévenu deux, trois personnes, et ça a fait boule de neige. Boule de glace. Les anciens du chalet *Eiszeit*. C'était merveilleux, pour moi : à chaque condoléance surgissait, dans un sourire en larmes, une nouvelle Ilsa. Tu n'imagines pas comme elle a marqué les gens, la jolie muette du jardin public. Elle inventait des parfums pour chacun, elle ne faisait payer que les riches, elle écoutait les malheurs, les amours, les secrets... Que d'affection autour d'elle, Marianne, que de souvenirs infimes et essentiels... Les gens étaient si heureux de me dire ce qu'ils devaient à *Eisie* – c'est comme ça qu'ils l'appelaient, tous.

J'en ai oublié le reste. La crémation, les cendres... Que veux-tu, elle était tellement vivante, dans leur mémoire. Tellement pure, tellement claire. Personne ne faisait allusion à un autre passé. Elle n'était que leur marchande de glaces.

Café ou thé ? J'aurais aimé partager ce moment avec toi, bien sûr, mais, d'un autre côté, ce n'était pas ta place. Je veux dire, et pardon si je te choque : à mon avis, Ilsa ne souhaitait pas que tu viennes au crématorium. Tes regrets, tes remords, ton pardon n'auraient eu que faire parmi ses anciens clients qui communiaient dans leurs jolis souvenirs d'enfance. Toi, ta place, c'était au creux de son matelas en laine. Tu dormais dans sa chemise de nuit, Marianne – quel plus bel accompagnement pour son âme, tandis que les flammes détruisaient son corps ? Je vais plus loin : une part de son être disait adieu aux nostalgiques de la « période glaciaire » et à son ultime escorte, mais son point d'ancrage, c'était ici, c'était toi. Le refuge de ses derniers atomes vivants, ces photons messagers qui sont l'émanation de la conscience après la mort physique.

Ne te crois pas hantée pour autant. Elle est partie. Elle te fait confiance pour transformer ta vie, à sa mémoire. Et elle me fait confiance pour parachever son œuvre. Viens voir. J'ai quelque chose à te montrer.

Je n'ai pas trouvé la clé, non, j'ai forcé la serrure. Regarde. La pièce de Barbe-Bleue, c'était son bureau. Elle le fermait à double tour pour protéger son passé… et son travail présent. Elle préférait que les auxiliaires de vie ne voient en elle qu'une petite vieille banale, fière de pouvoir encore s'occuper de son ménage et des chats du quartier.

Je te présente le comte Ulrich, Aloïs Molheim, les jumelles Brünnhild-Sarah et Sigrun-Sarah… Kurt, le généticien des grenouilles, Magdalena, la dompteuse de bactéries… Et tous les autres. Des milliers de pages, Marianne. Tous ces classeurs, sous le nom des enfants, c'est la synthèse de leurs travaux. Et leurs prolongements. Elle a continué ce qu'elle voulait mener à bien avec nous. Et elle a trouvé. Ce que Leibniz avait pressenti au XVIIe siècle. Ce que Yael Rosfeld essayait de démontrer. Ce qu'Einstein cherchait désespérément à mettre en équation. La mission d'exploration qu'elle nous avait confiée : le sens de la vie. Pourquoi il y a quelque chose et non pas rien.

Durant les décennies où elle s'est retranchée ici, dans son rêve brisé du château d'Helm, Ilsa est allée au bout de notre quête. Elle a croisé nos intuitions, les postulats, les découvertes qui ont précédé et suivi nos réflexions. Et elle a formulé la Loi. La loi impossible sur laquelle on s'est tous cassé les dents. Une théorie englobant harmonie préétablie, gravitation, mécanique quantique, énergie noire et supercordes.

Je n'en reviens pas, Marianne. C'est si simple que personne n'a osé partir d'une telle hypothèse. Elle dit qu'avant le Big-Bang, il n'y avait que de l'information latente. Des *bits*. Comparables à des fleurs incapables de donner des fruits, à moins d'être pollinisées par les abeilles. C'est le rôle qu'aurait tenu le boson, en une fraction de seconde, pour que l'information puisse se matérialiser.

Tu comprends ? Il ne faut pas considérer les particules, visibles ou non, comme des entités physiques, mais comme des cordes vibrant à la manière de celles d'un violon, et dont les différents modes de vibration assurent le passage de l'onde au corpuscule. Et l'Accordeur, c'est le boson. En fait, elle prolonge les conclusions de Cornell, Ketterle et Wieman qui ont prouvé – pour reprendre les termes employés par le Comité du Nobel en 2001 – que les atomes « chantaient à l'unisson ».

Mais tout cela n'est qu'embryonnaire, Marianne. C'est un fourre-tout de science objective et d'extrapolations philosophiques, un mélange d'avancées fondamentales et de radotages qu'il faut absolument trier, dissocier, étayer. C'est un travail considérable. Du coup, j'ai ma réponse. La réponse à mes angoisses de cette nuit – mais peut-être que tu dormais déjà. Que faire des années qui me restent ? À quel enjeu consacrer mon énergie ? Eh bien voilà. Il suffisait de demander.

Ça ne t'ennuie pas si je reste quelques semaines ? Le temps de vérifier ses calculs, de mettre en forme ses découvertes pour qu'elles soient publiables dans une revue scientifique. Et puis je me sens bien, ici... Je m'occuperai de ses chats, de l'intendance et des visites, si tu souhaites vendre l'appartement. Ensuite, tu me rejoindras aux États-Unis le 16 août, avec ou sans Michelin, à toi de voir. J'aurai un travail important à te confier, là-bas, mais je t'en parlerai dans la voiture.

Viens boire ton thé et manger les brioches pendant qu'elles sont chaudes. Je ne voudrais pas que tu rates ton vol. Il y a une grève des trains, en France, et Michelin vient te chercher à Roissy pour te ramener à Morlaix. Oui, je n'ai pas eu le temps de te le dire, ton portable a vibré plusieurs fois dans la nuit, ça m'empêchait de travailler et j'avais peur qu'il te réveille : j'ai fini par décrocher.

Promis, c'est la dernière fois que je me mêle de ta vie privée. D'ailleurs, c'était purement professionnel. Il faut qu'on nettoie le terrain, avant de faire connaître les travaux d'Ilsa : avec ses relations dans la presse, il va s'occuper de la réhabiliter et de répondre aux calomnies de tes fabricants d'algues. C'est moi qui lui ai demandé son appui ; ça ne t'engage à rien par rapport à lui. Juste une dernière chose : ne t'étonne pas s'il te fait une petite crise de jalousie. J'ai une voix très jeune, au téléphone.

Merci pour ton sourire. Même si j'y vois davantage de consternation que de mansuétude. Mais tu n'es pas obligée de manger toutes les brioches, non plus. J'ai acheté pour deux.

Regarde. Là, sur ta gauche, derrière les thuyas. J'ai fait un petit détour, mais ne t'inquiète pas, j'ai calculé très large : tu seras encore en avance. J'avais juste envie de te montrer mon élevage natal.

Je suis content pour les Bolt. Ça aide, évidemment, d'avoir un martyr dans la famille. Avec le nom de leur fils sur le mémorial des victimes d'Hadamar, ils sont devenus les premiers producteurs de veaux du Limburg. Dans les années d'après-guerre, j'ai lu qu'ils s'étaient agrandis de cent hectares. Tous les pâturages de leurs voisins nazis. Tu as vu ce qu'ils en ont fait… Un golf.

Allez, on reprend l'autoroute. Ce que je te disais dans la cuisine ? Je ne sais plus. Ah oui, le travail que je songe à te confier. Écoute, Marianne, je ne voudrais pas que tu m'accuses à nouveau de m'ingérer dans ta vie, mais il me reste encore une dizaine d'années devant moi, sauf imprévu. Et toi, au moins trois quarts de siècle. On ne va pas les passer à tirer le diable par la queue. Laisse tomber tes algues, pour l'instant, et consacre-toi plutôt à un charmant vieillard en déshérence.

Que vas-tu imaginer ? Je n'ai pas l'intention de t'entretenir, non. Au contraire. J'ai englouti mes dernières économies dans un New York-Genève pour aller assister au triomphe de mes idées dans la bouche d'un autre, et ma petite retraite de prof ne me permet plus de payer mon loyer, de remplacer l'embrayage de ma Porsche ni d'acheter les vins que j'aime. Il est peut-être temps de me préoccuper de mon avenir, non ? Voilà ce que nous allons faire : je vais devenir le biographe de ta grand-mère, et tu seras mon avocate. D'accord ? Oui, tu me l'as dit, tu es suspendue par le conseil de l'Ordre, mais aux États-Unis, tu sais, on s'en fout un peu, du barreau de Morlaix. Tu te débrouilles en anglais, tu n'auras qu'à partager tes honoraires avec un confrère de New York : j'ai tout à fait le droit de choisir une avocate européenne.

Tu t'y connais un peu, je suppose, en propriété intellectuelle. Ce n'est pas sorcier. Il suffira de négocier des accords financiers qui éviteront à de grandes entreprises de se retrouver au tribunal. Quand tu viendras, le 16 août, je te montrerai l'étendue de mes espérances. En fait, il se trouve qu'Einstein, je l'ai appris à sa mort, avait mis à mon nom les brevets issus de nos bricolages du dimanche. Voilier pliable, réfrigérateur miniature, correcteur auditif – et surtout l'Alberton, ancêtre du GPS. Il y a de quoi ponctionner un grand nombre de multinationales, avec les royalties qui me sont dues. Mais je n'ai jamais eu le temps pour ce genre de choses. Uniquement pour la passion, les plaisirs et le travail. *Ich kann dir vertrauen*. Je compte sur toi.

On marche comme ça ? Je nettoie le passé de ta famille pendant que tu m'assures un avenir.

Et voilà. Un dernier geste de ta main, de l'autre côté du portique. Bon retour, Marianne. Je vais devoir me réhabituer à parler seul.

C'est bien qu'on soit arrivés si tôt à l'aéroport. J'ai adoré que tu prennes le temps de m'acheter un portable. Tu as même cru nécessaire de préciser, face à mes protestations :

— Comme ça, on restera en contact.

On s'est embrassés devant le comptoir d'embarquement. Je me suis fait embrasser, plutôt. Je t'ai laissé le choix. Et j'ai tout eu, dans le désordre : la petite-fille, la grande sœur, l'amie d'enfance, l'amoureuse… Comme un condensé de toutes les émotions qu'un homme, au fil du temps, peut espérer ressentir dans les bras d'une femme. Excepté la fusion maternelle, qui n'a jamais été au programme de ma vie – si ce n'est lorsque je respire les pages du *Secret des Atomes.* J'ignore de quel bonheur j'ai été privé, mais ça m'aura économisé une souffrance. On n'en peut plus, à mon âge, d'avoir perdu tous ceux qu'on aime. Ne m'oublie pas, Marianne. Je crains d'être soluble dans le crachin breton, sous le parapluie d'un amant.

Quand ton téléphone a sonné, tout à l'heure, tu as pris l'appel avec un sourire immédiat, en découvrant le nom sur l'écran. Un sourire qui lui était destiné, mais qui venait de moi. Quel maso je suis, tout de même. Mais j'ai bien fait de miser sur votre couple. Tu avais des choses à lui raconter, là, enfin. Des choses nouvelles, inattendues, bouleversantes. Des drames qui, regardés en face, n'étaient plus somme toute que des raisons d'aimer. Et lui aussi avait du neuf à t'annoncer. Je ne t'en avais pas soufflé mot pour te laisser la primeur : il s'était retiré de la critique gastronomique afin de partir en guerre contre les OGM dans le magazine *60 millions de consommateurs*. Il me disait que ce serait plus « compatible » avec toi. J'étais bien de son avis. Je pensais que tu apprécierais d'autant plus cet engagement citoyen que, de ton côté, tu allais désormais te servir de la loi pour devenir une racketteuse impitoyable. Mais tu ne lui as pas laissé le temps de t'annoncer la bonne nouvelle, tu l'as interrompu avec douceur en disant que tu le rappelais après le contrôle.

Je t'ai regardée passer le portique. Puis je t'ai vue lui parler de longues minutes, sous le tableau d'affichage, avec des expressions que je ne te connaissais pas et qui m'ont rendu assez nostalgique, mais c'était bon signe pour lui. J'ai beau savoir que, dans ta vie, le seul rôle d'homme auquel je puisse prétendre, le cas échéant, c'est parrain de ton enfant, il me faut le temps d'avaler la dragée.

Tu étais la dernière passagère avant clôture de l'embarquement, et l'hôtesse au micro t'appelait désespérément. En rangeant ton portable, tu m'as crié :

— Tu me donnes des nouvelles ?

J'ai hoché la tête, puis je t'ai suivie des yeux. Tu t'es retournée une dernière fois, avant de courir sur le tapis roulant, et tu as porté à tes lèvres la carte d'embarquement. Le plus beau baiser qu'on m'ait envoyé de loin – depuis celui de ta grand-mère, l'année de mes quinze ans, dans le rétroviseur de son amant qui m'emportait vers le destin qu'elle m'avait offert.

Je vais bien, Marianne, à nouveau. Moi qui ai toujours justifié mes prolongations sur Terre en essayant de rendre les gens heureux, c'est grâce à toi que je renais. En te réconciliant avec le passé, j'ai repris goût au présent. Je ne suis plus fini. J'aurais dû le savoir par expérience : les plus beaux cadeaux du sort nous arrivent en général sous forme de démenti. C'est quand on a décidé de fermer sa vie qu'une porte se rouvre.

REMERCIEMENTS

Aux descendants de celle qui m'a inspiré le personnage d'Ilsa.

Au rescapé d'Hadamar qui, un soir de 2005, m'a confié son secret.

À Ida Tacke-Noddack, pionnière oubliée de la fission nucléaire, dont j'ai attribué les découvertes à Yael Rosfeld.

À Rémy Chauvin, Trinh Xuan Thuan et Peter Higgs, pour tout ce que leur doit mon narrateur.

À Gérard Lhéritier, président du Musée des Lettres et Manuscrits, pour les réponses qu'il m'a permis de trouver dans les écrits d'Albert Einstein.

À Vincent Perez qui, l'été 2010, au hasard d'un voyage en train, s'est mis à me parler de l'hôpital d'Hadamar, réveillant un secret de famille sur lequel, jusqu'alors, je n'avais pas osé écrire.

Du même auteur :

Romans

LES SECONDS DÉPARTS

VINGT ANS ET DES POUSSIÈRES, 1982, prix Del Duca, Le Seuil et Points-Roman

LES VACANCES DU FANTÔME, 1986, prix Gutenberg du Livre 1987, Le Seuil et Points-Roman

L'ORANGE AMÈRE, 1988, Le Seuil et Points-Roman

UN ALLER SIMPLE, 1994, prix Goncourt, Albin Michel et Le Livre de Poche

HORS DE MOI, 2003, Albin Michel et Le Livre de Poche (adapté au cinéma sous le titre *Sans identité*)

L'ÉVANGILE DE JIMMY, 2004, Albin Michel et Le Livre de Poche

LES TÉMOINS DE LA MARIÉE, 2010, Albin Michel et Le Livre de Poche

DOUBLE IDENTITÉ, 2012, Albin Michel et Le Livre de Poche

LA FEMME DE NOS VIES, 2013, Prix Messardière du Roman de l'été, Prix des Romancières, Prix Océanes, Albin Michel et Le Livre de Poche

LA RAISON D'AMOUR

POISSON D'AMOUR, 1984, prix Roger-Nimier, Le Seuil et Points-Roman

UN OBJET EN SOUFFRANCE, 1991, Albin Michel et Le Livre de Poche

CHEYENNE, 1993, Albin Michel et Le Livre de Poche

CORPS ÉTRANGER, 1998, Albin Michel et Le Livre de Poche

LA DEMI-PENSIONNAIRE, 1999, prix Fémina Hebdo, Albin Michel et Le Livre de Poche

L'ÉDUCATION D'UNE FÉE, 2000, Albin Michel et Le Livre de Poche

RENCONTRE SOUS X, 2002, Albin Michel et Le Livre de Poche

LE PÈRE ADOPTÉ, 2007, prix Marcel-Pagnol, prix Nice-Baie des Anges, Albin Michel et Le Livre de Poche

LE PRINCIPE DE PAULINE, 2014, Albin Michel

LES REGARDS INVISIBLES

LA VIE INTERDITE, 1997, Prix des lecteurs du Livre de Poche, Albin Michel et Le Livre de Poche

L'APPARITION, 2001, Prix Science-Frontières de la vulgarisation scientifique, Albin Michel et Le Livre de Poche

ATTIRANCES, 2005, Albin Michel et Le Livre de Poche

LA NUIT DERNIÈRE AU XVe SIÈCLE, 2008, Albin Michel et Le Livre de Poche

LA MAISON DES LUMIÈRES, 2009, Albin Michel et Le Livre de Poche

LE JOURNAL INTIME D'UN ARBRE, 2011, Michel Lafon et Le Livre de Poche

THOMAS DRIMM

LA FIN DU MONDE TOMBE UN JEUDI, t. 1, 2009, Albin Michel et Le Livre de Poche

LA GUERRE DES ARBRES COMMENCE LE 13, t. 2, 2010, Albin Michel et Le Livre de Poche

LE TEMPS S'ARRÊTE À MIDI CINQ, t. 3, à paraître

Récit

MADAME ET SES FLICS, 1985, Albin Michel (en collaboration avec Richard Caron)

Essai

CLONER LE CHRIST ?, 2005, Albin Michel et Le Livre de Poche

DICTIONNAIRE DE L'IMPOSSIBLE, 2013, Plon

Beaux livres

L'ENFANT QUI VENAIT D'UN LIVRE, 2011, Tableaux de Soÿ, dessins de Patrice Serres, Prisma

J.M. WESTON, 2011, illustrations de Julien Roux, Le Cherche midi

LES ABEILLES ET LA VIE, 2013, Prix Veolia du Livre Environnement, Michel Lafon

Théâtre

L'ASTRONOME, 1983, prix du Théâtre de l'Académie française, Actes Sud-Papiers

LE NÈGRE, 1986, Actes Sud-Papiers

NOCES DE SABLE, 1995, Albin Michel

LE PASSE-MURAILLE, 1996, comédie musicale (d'après la nouvelle de Marcel Aymé), Molière 1997 du meilleur spectacle musical, à paraître aux éditions Albin Michel

LE RATTACHEMENT, 2010, Albin Michel

RAPPORT INTIME, 2013, Albin Michel

Le Livre de Poche s'engage pour l'environnement en réduisant l'empreinte carbone de ses livres. Celle de cet exemplaire est de :
250 g éq. CO_2
Rendez-vous sur
www.livredepoche-durable.fr

PAPIER À BASE DE FIBRES CERTIFIÉES

Composition réalisée par Lumina Datamatics

Achevé d'imprimer en janvier 2015 en France par
CPI BRODARD ET TAUPIN
La Flèche (Sarthe)
N° d'impression : 3008909
Dépôt légal 1re publication : février 2015
LIBRAIRIE GÉNÉRALE FRANÇAISE
31, rue de Fleurus – 75278 Paris Cedex 06

35/6673/5